CHARACTER

{雪見}

Profile

年齡:18歲
身高:175cm
夢想:作家

About she

夢想社的社長，本作的女主角。總是面無表情，也就是俗稱的面癱。
體態修長，身材姣好，富有知性，是個戴著眼鏡的冰山美人，美到讓人感覺難以接近。實際上會給人冷若冰霜的印象，只不過是因為她有著嚴重的交流障礙，無法與不認識的人好好交流罷了。

Welcome to join our club!

CHARACTER
{空}
Profile
年齡:16歲
身高:170cm
夢想:歌手
About she
喜愛唱歌，個性天然，是喜歡雪見的雪見控。
有話直說，但因為本質很純真的關係，常被氣氛牽著走，做出不像她的失控舉動。雖然天然，有時發言和行為意外地傷人，被社團中另一人稱為天然腹黑。
Welcome to join our club!

CHARACTER

{風花}

年齡:20歲
身高:149cm
夢想:演員

IQ170的天才，卻因為某些原因刻意讓自己留級，所以二十歲了還在高二。個性捉摸不定，擁有很多面相。平常的基本屬性是笨蛋，好像很好捉弄，但其實意外地深沉，若是讓她不開心，甚至會設計反捉弄對方。
雖然是個難以摸透的人，但意外地相當重感情。

CHARACTER
{風月}

Profile

年齡:16歲
身高:160cm
夢想:雪見的新娘

About she

風花的妹妹，完美超人。個性非常認真，對任何事都嚴肅看待，全力以赴。學業優秀、運動萬能、人緣也非常好，家中十分有錢，幾乎篤定是下一屆的學生會長。

Welcome to join our club!

GOBOOKS
& SITAK
GROUP©

GOBOOKS
& SITAK
GROUP©

三日月書版

三日月書版

K'WA!
夢想藍圖
社員募集中～
小鹿
illust. 迷子燒
輕世代
FW287
三日月書版

CONTENTS

K' WA!

[第一章] 自我介紹 009

[第二章] 一步登天 027

[第三章] 眾志成城 043

[第四章] 風花雪月 061

[第五章] 風花雪月之二 081

[第六章] 毀於一旦 103

[第七章] 風花雪月之三 119

夢想藍圖
社員募集中~

[第八章] 山盟海誓 135

[第九章] 風花雪月之四 155

[第十章] 風花雪月之五 191

[第十一章] 風花雪月之六 207

[終章之前] 231

[終 章] 239

[終章之後] 255

[後 記] 263

第一章
自我介紹

在三才高中，有著一間鋪滿榻榻米，約三十坪的和室。

和室外頭，貼著用毛筆書寫而成的「夢想藍圖」四個字。

這是間社團，主旨是追求想要實現的夢想。

「小空。」

我向面前正盯著手機的女高中生叫了一聲。

「什麼事？雪見學姐。」

聽到我的呼喚，名叫空的女孩關掉演唱會的影片，抬起頭來看了我一眼。

雖然已和她相處了好一段時間，但每次打量她時，總是讓同為女性的我忍不住心生嚮往。

空有著及肩的中長髮，髮側用髮飾綁了起來，這樣的髮型兼具純真和時尚，也十分貼合她給人的感覺。

十六歲的她，身材和長相完全不輸給專業的模特兒，那雙白皙又幾近完美的細長雙腿，光是存在於該處就足以吸引人的目光。

「雪見學姐？」

糟糕，一不小心看入迷了。

好在我一直都是撲克臉，空應該沒有看出我剛剛在想什麼才是。

「小空。」

意圖轉移焦點的我，看著她如湖面般深邃且漂亮的雙眼說道：

「向我來段自我介紹吧。」

「自我介紹？」

「是的。」

「為何這麼突然？」

「原來如此，妳的自我介紹是『我絕對不聽學姐的話，我是個獨立又有個性的人』，是嗎？」

「才不是這樣！雪見學姐妳不要把我的形象捏造得那麼奇怪！」

「我今天之所以要妳自我介紹是有深意的。具體來說有多深呢……大概就跟妳父親某天找妳過去，語重心長地告訴妳：『空，也該是時候向妳說妳的身世了……』」

「這也太深了！深到我都忍不住發抖了。」

「小空。」

我側了側身子解除正坐姿態，將穿著黑絲襪的雙腳放到身旁後說道：

「妳的夢想不是當個偶像、當個歌手嗎？」

「嗯……」

「一個好的自我介紹，能在他人心中留下深刻印象，對一個想成為藝人的人來說，這是絕對必要的練習吧。」

「學姐說的好像也有道理。」

看著她順從低頭的模樣，我在不被她發現的情況下露出微笑。

啊啊，未來可能發光的原石就這樣聽從我的指示行動，這種成就感真是令人受不了。

就是為了注視完成夢想的這段過程，我才大費周章地成立了「夢想藍圖」，將有夢想的人拉了進來。

「那麼，我開始囉。」

可能是有點害羞吧，空輕咳兩聲後，端正坐姿向我說道：

「我的名字叫作『空』，興趣是唱歌——」

「Cut！」

「咦咦！」

才剛開始就被我打斷，空大張嘴巴，露出了傻愣的表情。

「妳剛剛的自我介紹，要是給個委婉的評價……那就是『裝在垃圾袋裡的東西』。」

「這評價到底哪裡委婉了！不就是在說垃圾嗎！」

「無法第一時間吸引人的自我介紹，就像人類一樣沒有存在的必要！」

「若人類不存在，那自我介紹也沒必要了吧……」

「總之，妳剛剛的自我介紹是不行的。」

「那我應該怎麼說才好？」

「看好囉，小空，我示範給妳看。」

雖然沒辦法像空一般露出甜美的笑容，我仍重新正坐在榻榻米上，擺出端莊模樣說道：

「大家好，我是小空。」

「咦？這跟我剛剛的不是差不多嗎——」

「我的興趣是殺人。」

「Cut！Cut！Cut！」

空不斷揮舞雙手打斷我。

「怎麼了嗎？」

「學姐的自我介紹也太奇怪了吧！」

「不奇怪啊，這毫無疑問是能吸引人的自我介紹。」

「這吸引到的族群也太狹隘了，應該說，根本就只有警察會被吸引過來吧！」

「『自白介紹』。」

「自白介紹又是什麼！」

「小空，妳還不懂『偶像』是什麼嗎？」

「嗯？」

「人之所以崇拜偶像，是因為偶像能做到他們做不到的事，偶像的魅力和光環，其實就來自於他們的『特殊』。」

「嗯嗯……好像很有道理。」

「現在全國的女高中生少說也有幾十萬吧？而妳不過是其中的一個。為了從中脫穎而出，妳必須做出足以讓自己獨一無二的行動，所以妳去殺個人吧。」

「咦？前面我能理解，但結論我完全聽不懂是怎麼回事……」

「偶像出道的方式有很多種：天籟的歌聲、精湛的演技、特殊的才藝等等，但我敢肯定——」

我抬了抬臉上的眼鏡後說道：

「目前檯面上沒有一位偶像是靠殺人出道的。」

「因為不能靠殺人來出道啊！」

「不要沒試過就放棄！妳想成為偶像的熱情難道就只有這樣嗎！」

「就是因為想要成為偶像，我才不能去試這種事吧！」

「『殺人無數的偶像歌手☆閃亮出擊！』，不覺得聽起來就會紅嗎？」

「會啊，感覺會在社會版頭版紅起來。」

「每次舉辦演唱會時，出場人數都是進場人數的十分之一。」

「好恐怖！裡面到底發生了什麼事？」

「擅長的曲風是：被害人脖子被勒住時的痛苦嗚咽聲。」

「這歌的風格也太難以想像了吧！」

「不會啊，大概就是這感覺──『我今天嗚呃呃呃呃呃~然後哎呀呀呀呀呀呀，不要啊啊啊啊啊啊啊啊啊啊啊！』」

「這根本就只有慘叫聲吧！算什麼歌！」

「放心啦，現在很多流行歌曲也都和慘叫聲差不多啊，一定可以的。」

「……妳這句發言，真的沒問題嗎？」

「為了訓練歌喉，每天都在割喉。」

「虧妳想得出這麼難笑的句子！」

「喜歡唱歌，所以無時無刻不在暢割。」

「這種恐怖的冷笑話可以不要再繼續了嗎！」

★

「總之，雪見學姐。」

可能是剛剛太激動吐槽所以有點口渴，空拿起身旁的茶喝了一口後說道：

「妳剛剛的自我介紹太血腥了，就算要吸引人也不能這麼做。」

「妳說的沒錯，仔細想想，小空跑去無差別殺人感覺也不太對。」

「嗯嗯，學姐終於懂啦！」

「就算真的要殺，也不能跳過我啊，我要當第一個死在空手下的人。」

「……有時候我會感受到學姐的心意很沉重，是我的錯覺嗎？」

「既然血腥路線妳無法駕馭，那麼這世上還有其他適合妳的路線嗎？」

「請不要說得好像我除了血腥路線外就無路可走好嗎！」

「對了，還有一條路線，其吸引力絕對不輸給殺人出道。」

「真的假的……竟可以和殺人出道並肩，那究竟是什麼驚人的路線？」

「情色路線。」

「……」

「**情色路線**。」

「……妳不用再說一次沒關係。」

「不覺得這一定很吸引人嗎？」

「是很吸引人沒錯，但是、但是——」

空眼眶中浮現些許淚水，握著拳頭大喊抗議：

「為何從剛剛開始，就全是十八禁的路線啊！」

「竟然問我為什麼……」

我歪了歪頭後說道：

「當然是因為妳很適合啊。」

「在學姐的認知中，我到底哪一個地方看起來十八禁了？」

「嗯……頭髮以下，腳底以上？」

「那不就是全部嗎！」

「聽好囉，小空，妳必須正確理解自己的優勢是什麼。」

「優勢……？」

我將右手掌平攤開來，彷彿捧著什麼物品似地說道：

「首先，妳是女高中生。」

接著，我攤開左手掌，補充說道：

「這時，我們加上情色路線這個要素。」

啪。

我將平攤的手掌拍在一起。

「女高中生＋情色路線＝無敵！」

「無敵什麼！妳剛剛那個加法已經將所有女性化作敵人了好嗎！」

「那……女高中生＋情色路線－女性＝無敵！」

「妳這不是把自己也減掉了嗎！」

「這就是『無我』的境界。」

「別一臉帥氣地說這種話，剛剛明明就是在說情色路線的話題。」

「不過說回正題，情色路線的自我介紹，到底應該是什麼樣子啊？」

「咦？學姐不知道嗎？」

「難道小空妳很清楚嗎？」

「不，那種色色的事……」

害羞的空輕搖著頭說道：

「那種事我才不知道呢。」

「沒辦法，就讓學姐我來指導妳吧。」

「妳剛剛不是說自己也不太清楚嗎……」

「就算不清楚也能揣摩啊，沒聽過一句有名的俗話嗎——『沒吃過鹿肉，也看過鹿死掉』。」

「咦？這俗語怎麼比我印象中的還充滿惡意……」

「依照我的想像，情色的自我介紹應該是這樣——」

我再度挺直脊背，模仿空那漂亮的坐姿說道：

「大家好，我——」

——劈里！

我上半身的襯衫突然裂開，露出潔白如雪的胸口！

「為什麼！」

「抱歉，我太情色了，連自我介紹都會讓衣服爆裂。」

——劈里！

我的裙子在我說話時也跟著裂了開來。

「這是什麼原理！自我介紹是要怎麼讓衣服爆裂？」

「這世上總是存在著一些神祕現象，有時巡迴演唱會歌手不開口，不也一樣唱得出歌聲嗎？」

「……妳這句發言也好危險啊。」

「只要把衣服撕開就能成為偶像，這條路線其實意外地簡單嘛。」

「抱歉，我撤回前言，妳這句發言才是真正危險。」

「小空，妳這樣就不對了，一支舞蹈或是一首歌曲之所以能紅，有很多原因，但其中一個很重要的要素不就是『易學』嗎？」

「確實，只要『易學』，就會吸引一般人爭相模仿，產生巨大的擴散力和渲染力，也會成為一個很好的宣傳。」

「只要有心，人人都能靠『情色』出道當偶像，這個特色，毫無疑問就是『易學』！」

我握拳說道：

「所以若是使用情色路線出道，就一定能紅！」

「原來如此——不對，差點被學姐靠氣勢矇混過去！再怎麼說，靠著情色出道這事也太不健全了！」

「我明白，這之中確實存在著很大的問題。」

「喔喔，好感動啊，學姐終於明白我在說什麼了——」

「若是情色系的歌手，還真不知道要唱怎樣的歌曲。」

「……看來學姐還是什麼都沒明白。」

「專輯名稱——」

我抱臂思索了一會兒後，豎起手指說道：

「叫《馬賽克》感覺不錯。」

「感覺差透了！」

「放心，雖然專輯名稱叫《馬賽克》，但為了怕粉絲誤會這是什麼奇怪的東西，會在封面打上『無碼』兩個字的。」

「這到底是要怎麼讓人放心！」

「專輯中收錄的歌曲有：〈全套〉、〈半套〉、〈一小時三百元〉。」

「這歌曲的名稱聽起來好糟糕！」

「唱起來的感覺大概是這樣——『我今天嗚呃呃呃呃呃呃～然後哎呀呀呀呀呀呀呀，不要啊啊啊啊啊啊啊啊啊啊啊！繼續！再來！不要停！』」

「這不是剛剛的慘叫聲歌曲嗎？」

「不一樣，有多『繼續再來不要停』這幾個字。」

「……才多那麼一點。」

「別小看那麼一點，就是因為歌詞和音調差了那麼一點，才可以硬是說自己創作的歌曲和熱門歌曲是不一樣的歌啊。」

「學姐的危險發言也太多了！妳的句子才應該被打上馬賽克吧！」

「我剛剛突然發現，不管是什麼句子，只要加上『繼續再來不要停』，感覺就會變得很情色耶。」

「哪有這回事！」

「哪有這回事——繼續！再來！不要停！」

「……」

「床前明月光——繼續！再來！不要停！」

「還真的聽起來有些怪怪的……」

「南無大慈大悲救苦救難——繼續！再來！不要停！」

「不不不，這個就真的太勉強了。」

「在語尾刻意加個『喵』是製造萌屬性，若是情色歌手，應該是在所有的對話後面加上『繼續再來不要停』吧？」

「這語尾已經長到完全不適合當口癖了吧！」

「不會啊繼續再來不要停，其實說起話來感覺還是滿自然的繼續再來不要停，旁人應該無法察覺吧繼續再來不要停。」

「到底哪一點自然了！」

「那是因為妳還沒聽習慣繼續再來不要停。」

「拜託不要繼續不要再來停下來啊啊啊啊啊！」

空雙手抱著頭，因為過度混亂，眼睛都變成了螺旋狀。

嗯嗯，即使是這個模樣的空也很可愛。

只要看著她，我就感到靈感源源不絕地從腦中浮現。

「小空，我呢——哈啾！」

就在我想繼續說時，我因為寒意而打了一個噴嚏。

這時我才想起，剛剛自我介紹時，我的襯衫和裙子都裂開了。

「真是的，誰叫學姐為了聊天話題硬是把自己弄成這樣。」

空將身上的制服外套脫了下來，披在我的身上。

這瞬間，一股彷彿陽光般的溫暖味道包裹住了我。

「嗯……」

我將臉埋進她的外套中，閉上眼說道：

「都是小空的味道呢。」

「畢竟是我的外套嘛，還有學姐別再聞了，很不好意思……」

空低垂著脖子，臉因為害羞而染上了一層蘋果般的紅。

「嗯……」

看著空的笑容，我再度體認到了一個事實。

空真的是和我全然相反的人呢。

她的情緒和表情非常豐富，不管心中想什麼，都會馬上呈現在臉上。

這副自然又純真的模樣，讓她有著非常好的人緣。

想必男孩子也是喜歡這種類型的女孩子吧？

「至於我……」

我看著空清澈雙眼中倒映的自己。

總是面無表情，在不熟識的人面前也不會多說話。

就算真的聊起天來，也常常像剛剛和空聊天那般，吐出讓人不知道該怎麼反應的話語。

高中三年來，我並沒有交上多少朋友，也幾乎沒人敢靠近我。

我唯一得到的，是大家賜予我的綽號和評價——「雪見」。

意指「白雪中能看到的事物」。

乍聽之下，好像很夢幻和美好，但我知道這個暱稱給我的並不是讚揚。

當你一開始見到雪時，或許會因為新鮮感而心生讚嘆。但看久了，會發現雪除了白之外，沒有任何值得一看的地方。

在他們眼中，我或許就像是皚皚白雪一般，無趣至極又空無一物。

「小空。」

我拉了拉身上的外套，閉上眼輕聲問道：

「妳跟我待在這個社團中……真的好嗎？」

時間彷彿靜止了。

聽到我這麼說，空先是因為驚訝而雙眼圓睜。

接著，她站起身來，像是要跟我談論什麼重要的事一般正坐下來。

將雙手交握放在膝上，空像是下定了決心似地說道：

「雪見學姐。」

「嗯？」

「我一直很想問妳一個問題。」

「什麼問題？」

「當初，妳為什麼要成立『夢想藍圖』，又為何要拉我入社呢？」

空看著我的雙眼，直率無比地問道：

「既然妳也身在這社團中，那妳應該也有夢想吧——」

「妳想實現的夢想，究竟是什麼呢？」

我陷入了沉默。

一直以來，我都沒跟任何人說過我的夢想。

但是，既然空這麼認真地問了出口，我想我應該好好回答她。

畢竟，她是我的起點，也是我的終點。

「我想當個作家。」

我抬起頭來，直視空的雙眼說道：

「我想當個作品會被他人喜愛的作家。」

「……」

「但是，我知道自己能力不足。」

既然是個無趣的人，寫出來的作品又怎麼會有趣呢？

我曾遇過挫折，也幾乎要放棄夢想。

「這時，我看到了小空妳唱歌的樣子。」

那閃閃發光的表演，讓我為之欽羨、也為之自卑。

我知道自己終其一生都不可能成為像空一般的人。

這也是很正常的事。

地上的雪，不可能觸及天上的空，只能不斷仰望。

但是——

「我可以將妳寫下來。」

就像白雪映照出天空的模樣。

「把我……寫下來？」

「是的，因為我相信妳會成為一個偉大的偶像。」

聽到我這麼說，空嘴巴微張，露出驚訝無比的表情。

「我已經看到了，終有一天，妳會受到幾乎所有人的喜愛，大家都對妳如痴如狂，妳所到之處都是笑聲和歡呼聲。」

「原來，學姐是這麼看我的……」

「所以我才成立社團，將妳找了進來。因為我是這麼想的──」

「只要把這段時間我認識的小空寫下來，那就一定會是一篇再好不過的故事。」

當哪天妳的夢想完成，我的夢想也會跟著實現。

「也就是說……學姐將夢想寄託在我的夢想上嗎？」

「是的。」

我將雙手放到身後，努力不讓空發現它們在輕微地顫抖。

「被我這樣利用，妳若是生氣也不奇怪。」

我使盡全力，擺出一如既往的撲克臉說道：

「要是想退社，直說無妨──」

「學姐！」

──砰！

空突如其來地抱了上來，失去平衡的我們就這樣倒在了榻榻米上。

「妳怎麼這麼可愛啊啊啊啊啊！」

「咦……？」

聽到空的話，輪到我因為驚訝而嘴巴微張了。

「妳是最棒的學姐！」

空一邊這麼說，一邊用柔嫩的臉頰磨蹭著我的臉。

「等、等一下，小空妳的精神和腦袋還好嗎？」

「這輩子沒這麼好過！」

空稍稍拉開和我之間的距離，向我露出了一個我這輩子都無法忘懷的大大笑容。

「我在這裡向妳許下誓言——」

「為了雪見學姐的夢想，我一定會完成夢想的。」

第二章
一步登天

「今天我們來討論要怎麼樣才能迅速出道，成為偶像。」

我按了按臉上的眼鏡，指著底下坐著的空問道：

「小空同學。」

「是。」

彷彿被老師點名一般，空將手臂打直舉了起來。

「妳認為擁有怎樣的特質，才得以出道當偶像？」

「我認為人之所以會崇拜偶像，是因為偶像能做到他們做不到的事，偶像的魅力和光環，其實就來自於他們的『特殊』。」

「很好。」

我點了點頭後說道：

「大錯特錯。」

「為什麼！」

「要是說得委婉些……妳剛剛的觀點根本就是垃圾。」

「這比昨天還不委婉了啊！還有我到底錯在哪裡？」

一臉不能接受的空指著我說道：

「我剛剛的觀點，明明就是學姐曾經說過的話。」

「昨天是寶物，卻在一夕之間變質成垃圾，這種事是很常見的。」

「哪有可能變化得這麼劇烈——」

「等哪天妳跟男朋友吵架就懂了。」

「……」

「昨天還把妳捧成寶，一旦吵起架來，罵妳是哺乳類也不奇怪。」
「人類本來就是哺乳類……這罵人的話一點意義都沒有吧！」
「吵架時不會去注意罵人的詞句有沒有意義，當他罵我是哺乳類時，我也會這樣回罵他啊——」
我單手扠著腰，以冰冷的表情居高臨下說道：
「你這個『動物界脊索動物門哺乳綱靈長目人科人屬人種』。」
「這不就是人類的界門綱目科屬種嗎！你們彼此互罵的話難道就一定要那麼難懂？」
「剛剛的話明明就很好懂。」
「好懂在哪？」
「不管是『哺乳類』還是『動物界脊索動物門哺乳綱靈長目人科人屬人種』都代表人類，也就是說——」
我手一揮大聲說道：
「『人類』這個詞等於『罵人的話』！」
「這是什麼奇怪的邏輯！」
「『人類』等於『髒話』。」
「等一下！這句發言真的沒問題嗎？不會太超過嗎？」
「咦？仔細一看……」
我揉了揉眼睛後，看著空說道：

「小空妳長得好像人類喔。」

「……」

「哇～妳真的好人類喔，怎麼這麼人類啊，跟人類相似度好高耶，嘻嘻嘻——」

「……我開始覺得人類是髒話了，聽起來感覺好差。」

「妳終於明白了嗎？小空。」

我用手遮住右眼和半邊臉龐說道：

「妳終於明白，人類是多麼罪惡的存在了？」

「……怎麼突然轉為中二風格了？」

「承認吧。」

「承認什麼？」

我仰頭望向遠方，喃喃說道：

「承認我們都有罪。」

「有罪的只有學姐啦！」

「哼……沒關係。」

我拉了拉桌上的檯燈，讓光線以四十五度角照在我臉上。

「就讓我背負這世界所有的罪吧。」

「這段中二滿滿的對話到底要持續到何時！」

「持續到世界的終焉。」

「別隨便終結世界！」

「那就持續到新世界的再興。」

「這不是一樣意思嗎！可以不要再用中二臺詞接我的話了嗎？」

「欸欸，明天要會考了，妳準備得還好嗎？」

「也不要用中三的臺詞！」

「那我究竟應該怎麼說話才好？」

「普通就好！像個高中女生一樣說話就好！」

「啊啊……好不想變老喔……」

「這不是女高中生會說的臺詞！」

「確實，這應該不『只』是女高中生會說的臺詞。」

我連連點頭說道：

「不管是哪個年紀的女孩子都會這麼說的。」

「總覺得學姐這句話才是至今為止最過分的發言……」

「要不然小空覺得高中女生應該怎樣說話？」

「聊聊逛街、甜食、成績、夢想之類的……對了！還有戀愛話題——戀愛話題……戀愛……」

像是突然間想到了什麼，空盯著我的臉，就像當機般一動也不動。

過了一會兒，她按著額頭，像是在回憶什麼似地說道：

「剛剛話題被學姐帶著走才沒發覺，但適才的對話，是不是有哪裡怪怪的啊？」

「哪裡奇怪？」

「學姐說妳跟男朋友吵架互罵那段，怎麼那麼像親身經歷？」

「因為那就是親身經歷啊。」

「哈哈哈，學姐妳別說笑了——」

「嗯？我沒說笑。」

「咦……？」

空仔細盯著我的臉龐，可能確信了我說的是真的吧，她陷入了沉默。

「怎麼了？小空。」

「所以說，學姐妳、妳——」

空吞了一口口水後，戰戰兢兢地問道：

「妳有男朋友？」

「是啊，我有。」

「這怎麼可能……」

空雙手抱著頭，陷入了輕微的混亂。

「對了，也有可能是學姐根本就不明白『男朋友』這個名詞是什麼意思——」

「再怎麼說，我也知道『男朋友』是什麼好嗎？他不就是個會掏錢出來供我花用，被我搾乾利用價值然後還很開心的存在嗎？」

「咦？這個理解到底是對還是不對……」

「總之，我有男友。」

「……」

「而且已經交往很久了。」

「！」

空的身子一晃，差點倒地的她雙手支在地上，好不容易保持住平衡。

可能是過於震驚，她的雙眼非常空洞，過了良久良久後，她才喃喃說道：

「為何啊……」

「？」

「為何連這種傢伙都有男朋友，我卻連一場戀愛都沒談過？」

「『這種傢伙』是在說我嗎？」

「我一直以為學姐肯定會單身一輩子，孤身一人迎接自己人生的終末。」

「……」

「難道是我誤會了嗎？學姐其實比我想的還要有女人味？不，這不可能，就算我見識不多，這麼基本的事實我應該不會看錯！」

「……我說啊，小空，妳其實很討厭我吧？」

「學姐在胡說什麼？我最喜歡妳了，甚至可以說是尊敬。」

「嗯嗯，那就好——」

「不管周遭的人看待自己的目光是多麼冰冷，學姐依然能旁若無人地貫徹自己的古怪，這種堅持自己道路的麻木不仁，真的是太讓我尊敬了。」

「妳真的是尊敬我嗎？我對此越來越心存懷疑了。」

「不過仔細想想，學姐有男友好像也不奇怪。」

小空抱起雙手，連連點頭說道：

「要是不說話和顯現本性，學姐看起來真的是個不可多得的冰山美人，妳的男友一定是被妳的外表矇騙，誤會妳其實是一個很棒的女性了。」

「這到底是褒我還是貶我啊！」

「學姐的男友到底是怎樣的人？請務必仔細說給我聽。」

「妳真的那麼想聽他的事？」

「超級想聽！」

「好吧，那我詳細跟妳說說他的事。」

「沒問題！」

聽到我這麼說，空正坐在地上，雙眼專注無比地緊盯著我。

「我的男友他呢——」

「嗯！」

「他呢——」

「嗯嗯！」

「……」

「如何！」

被空身上散發出的驚人氣勢所迫，我一時之間說不出話來。

我好像是第一次看到她這麼認真聽我說話。

……該怎麼辦？

我剛剛說的男友，其實是幼稚園時被一個男生告白，那時我還不瞭解「告白」是什麼，於是就糊里糊塗地接受了。

向我告白的男生隔天就搬家離開，我們兩個也就此再沒見過面。

要是聽到真相是如此，空會不會抓狂啊？

但是事隔多年，我也不知道那個男生變成怎樣了。

看來……也只能這麼說了。

「我的男友他呢——」

看著空那因為過度專心而微微前傾的身姿，我緩緩說道：

「是個人類。」

「學姐妳根本就是想敷衍我吧！」

結果空還是抓狂了。

★

「總之，一不小心離題了。」

因為突如其來的騷動，話題徹底跑偏了。

「讓我們回到原本要討論的主題吧——『要怎麼讓小空成為拯救世界的英雄』。」

「咦？我們原本的話題規模有這麼驚人嗎？」

「跟天使一樣可愛的小空若是出道了，那和拯救世界有什麼不同？」

「學姐妳對我的評價高到讓我覺得很害怕。」

「總之，為了迅速出道，我認為有以下幾種方法——」

我在身後的白板上振筆疾書。

一、用金錢的力量出道

二、用很多很多金錢的力量出道

三、搶銀行

「大概是這三種方法。」

「不，學姐這分明只寫了一種吧……」

「綜觀現在的世界，我想我們可以肯定地說：『成功的人不一定有錢，但是有錢的人一定會成功』。」

「這是什麼現實到令人心寒的句子？」

「小空，妳歌喉好，長得可愛，個性又討喜，但妳有沒有想過，為何妳到現在都還沒出道呢？」

「若照學姐剛剛的說法……因為我不夠有錢？」

「不，並不是如此。」

「咦咦？」

可能我的回答出乎空的意料之外吧，她露出了驚訝無比的表情。

「小空，妳仔細想想，我們不過是十多歲的高中生，再怎麼樣都不可能有錢吧？」

「嗯……有道理。」

「但現今世上確實存在著『有錢的高中生』這種讓人髮指的生物，他們和我們之間的差異在哪兒呢？」

「差在哪兒？」

「差在父母有沒有錢。」

「……」

「今天小空之所以無法用錢出道，並不是因為妳不夠有錢——」

我「啪」的一聲拍了下白板後說道：

「而是因為妳的父母太窮了。」

「學姐……」

「嗯？我說錯了什麼嗎？」

「就是因為學姐沒說錯什麼，我才突然覺得我好悲慘。」

「俗話說得好，『要讓孩子贏在起跑點』，其實意思就是指要投胎到對的人家。」

「這起跑點還真早啊。」

「這個世界需要的不是才能也不是努力，而是一個有錢的老爸和老媽。」

「這負面到不行的言論是什麼！」

「小空，想像一下妳爸媽今天有著幾十億的資產，然後名下有電視臺、唱片公司和演藝公司。」

「不，這規模已經大到我完全無法想像了。」

「某天妳回家時，跟父親撒嬌說：『爸，我想要玩具。』——於是妳父親就讓妳出道當偶像了。」

「好隨便！這突兀至極的轉變是什麼！」

「因為成為偶像，就會有粉絲。有了粉絲，就等於有了供妳隨意玩弄的玩具。」

「學姐妳是一天不說危險發言就會渾身不對勁嗎？」

「若是妳覺得這樣出道太隨便，那我們換個情境。」

「我是覺得再怎樣都不會比剛剛隨便了——」

「某天妳回家時，跟父親撒嬌說：『爸，我想要寵物。』——於是妳父親就讓妳出道了。」

「真的更隨便了啊！而且隱含的意思比剛剛還過分十倍！」

「既然這些情境妳都不滿意，那我們換個嚴肅點的。」

「學姐真的做得到嗎……我已經有不祥的預感了。」

「某天妳回到家後，哭喪著一張臉跟父親告狀道：『爸，我被前面的小明同學打了一下。』」

「這不是小學生等級的衝突嗎！」

「聽到空的控訴後，空的父親馬上回答：『我明天就幫妳出道成為超級偶像。』」

「咦？這兩者的關聯在哪兒？」

「等妳有了上萬粉絲，就公開這段往事，以人氣公審那位打妳的同學，用社會性的方式抹殺他。」

「這不是嚴肅是嚴酷吧！報復小明的方式也太過分了！」

「出道單曲是〈小明家的地址〉。」

「這會出大事啊！」

「第二張專輯是《小明搬家之後的地址》。」

「這不全都是他家的地址嗎！」

「放心啦，歌詞裡頭會包括他居住地的電話和家人姓名，並不是只有地址而已。」

「這叫人怎麼放心！」

「買十張專輯後可以拿到握手券——握小明的手。」

「怎麼搞得出道的像是小明一樣？」

「不過能參加握手會的僅限肌肉男。」

「小明啊啊啊啊啊啊啊啊啊！」

可能是再也受不了我的胡說八道，空揮手打斷我的繼續發揮。

「學姐，就算我的父母真的很有錢，我也不會靠他們的力量出道，我要憑著自己的實力成為知名偶像。」

「妳的意思是，妳要靠自己賺取大量金錢，成為有錢人？」

「不，即使沒有錢也能成為偶像。」

空抬起頭來，以堅定且緩慢的語調說道：

「偶像是帶給人夢想的存在，我想證明只要肯努力，不管是誰都可以成功。」

「若是沒有錢，生活就無法獲得保障喔。」

「我知道。」

「若是妳的生活陷入困苦，每天都在為三餐煩惱，妳也能堅持妳的夢想？」

「我還沒實際面對這樣的困境，我也不知道那時我會怎麼想……」

空露出陽光的笑容說道：

「但是，因為有學姐在，我想我一定沒問題的。」

「我那時又不一定在妳身邊……」

「不，妳一定在。」

空抱住我的手，將身子挨到我身上說道：

「因為我們已經許下互相實現夢想的約定了。」

「就算如此，也不代表我會一直陪著妳。」

「但是，這約定會陪著我，若是我走不下去時，我還能咬牙這麼想──」

以直率無比的笑容面對我，空說道：

「為了實現學姐的夢想，我必須堅持下去。」

我啞口無言。

徹底地無話可說。

看著空那彷彿散發著光芒的微笑，我不由得別開視線。

不管幾次，我都會為她的純真和善良而驚訝。

這麼好的女孩子，似乎連跟我相提並論都顯得浪費。

我緩緩抽離了我被空抱住的手。

就算拚盡一切，也要讓空的夢想實現。

我不由得這麼想。

要是連這樣閃亮的存在都無法成功，那這世間就真的沒有任何美好的事物了。

「小空。」

除了將空的身影和回憶用文字記錄下來，其他我還能做的事就是——

「我來養妳吧。」

「……啊？」

「我會去工作賺取妳的生活費，直到妳出道成為偶像的那天到來。」

「等等等一下——學姐妳在說什麼啊！」

「不管是吃飯錢還是買房子的錢，抑或是玩樂訓練的錢都交給我吧，我會全額提供給妳的。」

「不用這樣！而且學姐也不可能有這麼多錢！」

「我會工作至死的。」

「為什麼要做到這個地步！」

「啊啊……一想到我拚命賺取的金錢可以化作小空夢想的養分，那我就算過勞死都甘願了。」

「學姐！妳的眼神好奇怪！那彷彿墮入邪教的混亂雙眼是怎麼回事！」

「空神。」

「空神是什麼！」

「能為空神奉獻一切，就是我活著的意義。」

「我拜託妳冷靜點！雪見學姐！」

「啊啊……」

我雙手摀住自己的臉頰，哽咽說道：

「那麼偉大的空神，竟開口叫了我的名字，我是何等地榮幸……」

「哭了！竟然哭了！」

「就算現在馬上死掉，我的人生也已無悔……」

「不要向我跪下啊啊啊啊啊啊！」

後來大約過了三天，我才解除了被空魅惑的狀態。

只能說空的魅力真的是太可怕了。

第三章
眾志成城
WELCOME TO JOIN
THE TEPPEN FOR
DREAMS CLUB!

「學姐，妳突然把我拉到二年級的教室區是要做什麼？」

某天中午的休息時間，我和空難得地走出了「夢想藍圖」的社辦，來到二年F班的教室前。

我是三年級，而空則是一年級，我們確實沒有理由來到這個地方。

「小空，在說明今天的目的前，妳先看看我手上的東西。」

「學姐手上拿著一根竹筷，這根竹筷有什麼特別之處嗎？」

「看好囉，今天我若是用力一折——」

啪！

「竹筷就會被折斷。」

「……筷子被折所以斷成兩截，學姐想用這麼理所當然的事實表達什麼呢？」

「我想說的是，一根筷子很脆弱，但若今天是『三根筷子』呢？」

「喔喔！」

看到我手中拿著的三根筷子，空本來迷茫的雙眼放出了理解的光彩。

這是很有名的典故，也是富含深刻啟示的古代故事。

「俗話說得好，團結力量大，就算原本是脆弱的存在，只要集合三個，那就不會被輕易折斷——」

啪！

三根筷子不敵我的力道，還是斷了。

「……」

「……」

我和空面面相覷。

好尷尬。

真的好尷尬。

超脫我們預想之外的發展，讓我們一時之間說不出話來。

「咳咳……我想說的是——」

我裝作若無其事地將斷掉的筷子往垃圾桶一丟。

「古代的人力氣很小，連三根筷子都折不斷。」

「這個故事隱藏的啟示突然變得好小兒科喔。」

「總之，一直以來『夢想藍圖』都只有我和小空兩人，我覺得差不多要開始找個新伙伴了。」

「新伙伴？也就是說學姐想找新人入社？」

「沒錯。」

「嗯……也就是說，社團中會出現我和學姐以外的人？」

「有什麼問題嗎？」

「當然沒問題，只是、只是……」

空不知為何低下了頭，露出有些寂寞的黯淡神情說道：

「這樣跟學姐獨處的機會不就變少了嗎？」

「嗯？妳說什麼？」

因為剛剛空的聲音實在太小，要不是看到她嘴巴張闔，我甚至不知道她有說話。

「沒事沒事沒事——」

空的臉頰染上一層紅，雙手像是電風扇一般拚命搖動。

「可是妳剛剛——」

「我剛剛什麼都沒說！」

「真的嗎？」

「要是學姐聽到了剛剛的話——」

陷入混亂的空舉起擺在走廊上的紅色滅火器說道：

「那我只好用鈍器消除妳的記憶了！」

「我剛剛什麼都沒聽到、一個字都沒聽到。」

我以脊髓反射般的速度回應了空。

有時我會覺得這個學妹有點危險，不知道是不是我的錯覺。

「總、總之回到原本的話題，事到如今，為何學姐還想幫『夢想藍圖』增添社員呢？」

「漫畫和小說不也常這麼做嗎？」

我推了推眼鏡後說明道：

「當主角人氣低迷、當主角完全不受歡迎、當主角根本沒在推動故事時，不是就會出現新角色嗎？我覺得現在差不多就是那個時機了。」

「學姐剛剛說的主角是我嗎？是我嗎？」

聽到我這麼說，雙眼泛淚的空抓著我的衣服。

「所以為了增添戰力，我們必須網羅人才。」

不理會淚眼汪汪的空，我朝二年F班裡頭指了一指。

「這個班級有一位叫『風花』的學妹……或者該說是學姐？她就是我們今天的目標。」

「到底是學妹還是學姐？」

「坦白說，我也不知道該怎麼說。」

「嗯？既然是二年級，那理所當然是我的學姐，雪見學姐的學妹吧？」

「太天真了，這位『風花』的資質可是遠超妳的想像。」

「我不是很理解，這位風花學姐到底是怎麼回事？」

空探頭出去，想要往二年F班內張望。

「蠢材！」

我一把將她拉了回來！

「要是被目標發現，讓她心生警戒怎麼辦？」

「咦？為何不能被發現？」

「要是她意識到我們的存在……」

我用手刀在自己脖子上劃了一下後說道：

「不就不能趁她疏忽時給她致命一擊了嗎？」

「致命一擊是什麼！我們不是要找她當伙伴嗎？」

「小空，回答我，在妳心中，『伙伴』是怎樣的存在？」

「一起共患難，在難過時互相扶持——」

「錯了，大錯特錯！」

「咦？」

「所謂的伙伴，意指『可以合理利用、搾乾她的生存價值，她還會很開心地不求回報』。」

「伙伴的定義沒有這麼黑暗！」

「大人的伙伴都是這樣的。」

「雖然很想反駁妳，但不知為何做不到……」

「不過就算不是大人，學生之間也是有這種伙伴的。」

「這種彷彿奴隸一般的伙伴不可能存在——」

「『喂，小空，拿點錢來花花吧。』」

我伸手搭上空的肩膀，壓低聲音在她耳邊說道：

「『想必妳不會拒絕吧，因為——我們是伙伴啊。』」

「……」

「『要是敢拒絕，妳知道會有什麼下場吧？』」

我伸出手掌，「啪啪」地輕拍她柔嫩的臉頰後說道：

「『既然是伙伴，希望妳做出明智且合適的選擇，不要讓之後的學校生活難過。』」

「……」

「如何？這種奴隸般的伙伴也是有的吧？」

「這不叫奴隸般的伙伴，這就叫『奴隸』。」

「嗯？原來奴隸和伙伴是同義詞啊。」

「我不是這個意思！」

空像是頭很痛地說道：

「學姐遇見的應該是霸凌現場吧?順道一問,後來被霸凌的人怎麼樣了?」

「他看到我在看他後,不知為何突然力量大增,將所有欺負他的人打倒在地。」

「這什麼急轉直下的發展!」

「『竟然讓雪見學姐看到我這副模樣,你們這群傢伙不可原諒,全都去死吧啊啊啊啊啊啊啊啊!』——我記得他那時是這麼喊的。」

「……雪見學姐的魅力才是成神的等級吧。」

「嗯?他不是因為不想和我待在同一個空間,所以才拚命地想要逃開嗎?」

「看來學姐對他人看待自己的評價似乎有微妙的誤解……」

「應該沒有吧,大家不都很討厭我嗎?」

「為什麼妳會這麼認為呢?」

「因為大家每次看到我都會倒吸一口氣,然後不斷遠離我啊。」

「他們大概是在沒心理準備的狀況下看到學姐,被妳身上散發出的冷豔氣息震懾住了吧……」

「呵,小空妳什麼時候這麼會開玩笑了。」

忍俊不禁的我不由得輕笑一聲說道:

「說得好像我的美貌和氣質足以嚇到人似的。」

「因為事實就是這樣……算了,感覺跟學姐說不通。」

「總之,今天我們的目的,就是要抓到這位風花同學的把柄,讓她對我們唯命是從,這樣就能強迫她加入夢想藍圖了。」

「目的是不是已經微妙地改變了啊?」

「為此，我昨天晚上特地擬了一項絕妙的計畫，名為——諸神黃昏・世界末日・風花入社計畫。」

「前面有種毀天滅地的盛大感，但後面的規模突然變得好小。」

「這個『諸神黃昏・世界末日・風花入社計畫』呢，其概要也沒有很複雜，在『諸神黃昏・世界末日・風花入社計畫』中，我們要做的是——」

「等一下，學姐。」

「嗯？」

「這計畫的名稱也太拗口了，不能簡化一下嗎？」

「那就每個詞都取前面幾個字，將計畫簡稱為『諸世風花』吧。」

「嗯嗯，這樣感覺好多了——」

「『豬是風花』。」

「我要收回前言！這感覺差透了！」

「真不愧是小空，竟讓計畫在不經意間隱含要把風花徹底變成家畜的惡意，真是太厲害了。」

「我才沒有這個意思！不要假藉稱讚的名義把罪過都推到我身上！」

「我徹夜想出來的精美計畫，大致分成三個步驟。」

我豎起一根手指說道：

「一、我進去二年F班，把風花叫出來。」

「嗯。」

「二、將風花帶到小空面前。」

「嗯、嗯。」

「三、我以迅雷不及掩耳的速度離開現場，將一切交給小空。」

「前面兩步根本沒意義！這不就是逃跑後將一切丟給我嗎！」

「不不不，這不是逃跑，這是我對小空信任之心的展現。」

「說得那麼好聽，學姐只是想把麻煩事都推給我吧？」

「我發誓，要是我真的那麼想，我明天早餐的麵包就不吃麵包邊的部分。」

「這發誓也太小兒科了！一點誠意都沒有！」

「好吧，那再加一個不喝牛奶。雖然我本來就討厭喝牛奶，但這已經是極限，不能再多了。」

「明明加了籌碼卻讓人感到更沒誠意，真是不可思議。」

「那麼，事不宜遲，現在開始實行『風花豬』作戰。」

「作戰名怎麼越來越像食物的品牌！啊啊⋯不對，我現在該吐槽的不是這個。」

趁著空因為混亂無法阻止我的瞬間。

我往前踏步，往二年F班前進。

★

因為是午休時段，二年F班裡頭一片喧鬧。

但是，當我踏進教室的瞬間，所有聲音就像被凍住似地消失了。

所有人看著我，不知為何都嘴巴微張，露出無法反應的表情。

我環顧四周。

所有人的視線都集中在我身上。

讀書的人停止翻頁、聊天的人中止談話，就連本來正在吃飯的人都停止了咀嚼的動作。

「哼。」

我冷哼了一聲。

聲音雖然很輕，但本來凍結的教室就像被我這聲音敲破一般，重回了正常的流動。

「是『那個學姐』……」

「『那個人』怎麼會來這邊……」

「我是在作夢嗎？『那存在』怎會出現在我們班上？」

看來大家對我的厭惡已經根深柢固了，連眾所周知的「雪見」之名都不願意說出口。

在他們的眼中，有著不管是誰都能一眼看出的深深敬畏。

這樣的反應我看多了，一點也不意外。

只是——

「哼。」

我再度冷哼一聲。

甩動身後的長髮，我以颯爽的姿態轉過身去，離開了二年F班。

「雪見學姐，怎麼了？」

教室外的空迎了上來，一臉疑惑地問道：

「妳怎麼什麼都沒做就走出來了？」

「妳難道看不出來剛剛發生了什麼事嗎？」

「咦？有發生什麼我沒看出來的重要事情嗎？」

「我之所以這麼快就走出來，是因為——」

我的雙腳一軟，撲通一聲跪了下來！

「面對不認識的人好可怕啊啊啊啊啊啊啊啊啊！」

「……」

「嗚嗚……大家的視線好可怕……人類的眼球好可怕……眼球中的視網膜好可怕……」

「已經完全不能理解妳在說什麼了……有這麼誇張嗎？」

「雪見怕怕，媽媽抱抱——」

「這傢伙是誰啊！根本是另外一個人了吧！」

「嗚噗、拔噗。」

「竟然因為驚嚇而倒退回嬰兒狀態！學姐到底是有多慌亂！」

空一邊把拚命抱住她雙腳的我拉開，一邊緊張地確認周遭有沒有其他人。

好在我們所處的地方並不顯眼，所以雖然舉止異常，也沒引起太多關注。

但繼續這樣也不太好，於是我雙手在地上用力一撐，使盡力氣站直了身軀。

「小空。」

「雪、雪見學姐？」

我一把抱住空，將頭埋進她柔軟的髮絲中。

「啊，小空的味道好香，真讓人安心……」

「嗚啊啊啊啊，學姐……」

被我這樣緊抱，空的呼吸變得比平常還要粗重，身體也顫抖了起來。

她的雙手在空中不斷握拳又張開，似乎是在猶豫要不要趁這時回抱我。

「小空的肉體好溫暖，安心……」

「嗚，總覺得好害羞。」

「小空的肉好溫熱，安心……」

「這說法聽起來好怪。」

空露出無可奈何的笑容。

最後，她選擇輕輕拍了拍我的頭。

一股溫柔的感覺從空身上散發出來，籠罩住了我們兩人。

我不由得向這股幾乎要讓人睡著的氛圍撒起嬌來。

「只要再一下我就會冷靜下來了，再給我一點時間，大概等到小鹿的書大賣的時候。」

「那感覺學姐會抱我一輩子了。」

「不是我在自誇，小空。」

我一臉嚴肅地說道：

「我的膝蓋到現在都還在抖。」

「這的確是沒什麼好自誇的事。」

「要是繼續待在二年F班裡頭，我想我一定會因為腿軟而跌倒。」

「學姐的社交障礙也太嚴重了吧！妳和我初次見面時，不是感覺滿正常的嗎？」

「那是因為我在見妳前做了許多努力。」

「什麼努力？」

「比方說在房間的各個角落貼滿小空的照片，讓自己二十四小時都看得見小空的臉。」

「……」

「親手製作小空的等身大玩偶，每天照三餐跟玩偶說話，模擬見面時的狀況。」

「……」

「接著就是詳盡調查小空的個人資訊，例如身高、體重、三圍、家中成員、喜歡和討厭的食物、每天的行動模式等等……確保自己比小空本人還瞭解她。」

「……我總算知道有時學姐給我的壓迫感是從哪裡來的了。」

「歷經半年的奮鬥，我終於能用正常人的姿態面對小空。」

「當妳必須花費半年時間準備，就已經跳脫正常人的範疇了吧？」

「我也很意外我進展得那麼快，我本來預估要一年以上的。」

「不，我剛剛那句話並不是在訝異妳的迅速……」

「我本來以為我已經有所成長，但果然還是操之過急了，竟一開始就去找風花接觸，這無疑是一步登天。」

我深呼吸幾口氣，總算將剛剛紊亂的心情平復了下來。

「我應該先花個一年觀察風花，然後再找她說話的。」

「一年後……那時學姐都已經畢業了吧。」

「小空，妳怎麼這麼愚蠢呢……」

我以受不了的語氣說道：

「妳難道就沒想到我可以留級嗎？」

「妳為了這種事留級，才是真的愚蠢吧！」

「那我究竟該怎麼辦？我無法想像連風花的內衣樣式都不知道就去找她說話的情景。」

「我才無法想像一個人要先知道對方內衣樣式才能去說話的情景呢！」

「這是必要的前置情報。」

「所以說，學姐在見我前，連我的內衣樣式也調查過了嗎？」

「啊……」

雖然我的臉上依舊是一貫的面無表情，但幾滴冷汗從我的額頭滴了下來。

我轉過頭去，避開空的目光說道：

「我怎麼可能調查過呢，小空喜歡帶有蕾絲邊的白色內衣這種事，我怎麼可能會知道。」

「學姐！妳果然什麼都知道了！」

「小空，現在重點不是妳的內衣。」

我就像個做錯事的人，試圖轉移話題。

「現在重要的是那個名叫風花的人的內衣。」

「那個也一點都不重要吧！」

激動起來的空不斷向我進逼，我則是不斷後退。

過不了多久，我就被她逼到了牆角。

她雙手撐在我的身子旁，像是不想讓我逃走。

「學姐。」

「怎、怎麼了？」

完了，空的聲音比平常低沉，注視著我的視線也比平常認真許多。

也難怪她這次要生氣了，不管是誰，都不喜歡被這樣詳細調查。

看著空含著淚的雙眼，一股黑暗厚重的氣息從我心中深處油然冒出，緊緊攫住了胸口。

要是不拚命忍耐，我感覺自己馬上就要落下淚來。

若是真的惹小空不開心了，那我該怎麼辦呢？

「那個……抱歉。」

我低頭道歉，用帶著懇求的語氣說道：

「只要小空不要跟我絕交，我什麼都願意做——」

「學姐在說什麼？」

「嗯？」

「我不是在氣學姐拚命調查我的事。」

「那妳是在氣什麼？」

「我也不知道，但是……」

空咬著下嘴唇，皺著眉頭說道：

「當聽到妳連其他女孩子的事都想詳細調查時，我心中感到不太舒服。」

「咦？」

「真是奇怪……這輩子還是第一次有這種情感。」

空微微歪著頭，露出不解的神情。

「學姐知道是為什麼嗎？」

「抱歉……我也不知道呢。」

空的表情和動作本來就非常豐富，但現在的神情我還是第一次看到。

她的眉毛微蹙，手也緊按著胸口。

雖然看起來不太舒服，但不知為何比平常多了一股成熟的魅力。

要是一不小心，好像就會被她那略帶憂愁的雙眼吸進去似的。

「剛剛聽到學姐要去調查風花學姐時，我感覺心糾在一起，非常不痛快。」

「生病了嗎？」

「我覺得應該不是，但確實有些悶悶的。」

「嗯……還是我們來做個實驗？」

「實驗？」

「我再去親近風花，然後妳看會不會因此覺得不舒服？」

「嗯……」

聽到我的提議，空露出了五味雜陳的表情。

雖然感覺不太樂意，但她也知道若是不這麼做，事情就不會有進展。

「不過就算真的要去找風花學姐好了，雪見學姐妳社交障礙這麼嚴重，要怎麼進去二年F班？」

「只要努力，我應該能撐著不要吐出來，這樣用爬的應該可以爬到風花面前。」

「拜託妳不要做出這種會留名校史的事。」

「那我沒辦法了。」

「妳也放棄得太快了！」

「要不然就是趁著風花走出來的時候叫住她——」

「找風花有事嗎？」

此時，一個從沒聽過的稚氣聲音從我們身後響起。

我和空同時轉頭一看。

「剛剛在班內，就一直聽到外頭有人在談論風花，本來還想說是風花多心了呢。」

因為和空聊得太專心了，沒留意周遭的狀況，連什麼時候多了一個人都沒發覺。

「我就是風花。」

我們談論的當事人——風花，在不知不覺間來到了我們身旁。

她雙手抱在胸前，以戒備的語氣如此問道：

「妳們兩個是誰？有什麼事？」

第四章
風花雪月

「請用。」

我準備了手製蕨餅和熱茶，放在風花面前。

因為怕引人注目，我、空和風花三人回到了「夢想藍圖」的社辦中。

風花坐在我們面前的木椅上，雙腳雖然伸直卻無法觸及地面。

眼前的風花要是用一句話形容，我想那毫無疑問是「小孩子」三個字。

身為高二生，身高卻只有一百四十九公分。

她的五官雖然精緻得像個人偶，但可能是受到嬌小身材的影響，連帶地讓她的面容有了些許稚氣的感覺。

因為混了外國血統，她的眼睛和頭髮是東方人不常見的耀眼金色，就像是把太陽光關進了頭髮之中。

「所以說，妳們找風花有什麼事？」

她的自稱詞是「風花」而不是「我」，讓她給人的幼兒感更加濃厚了。

「快點說啊，風花可是個大忙人，和妳們這些閒人大不相同。」

她一邊說一邊雙手扠腰，態度相當囂張。

「雪見學姐，接著該怎麼辦？」

空在我耳旁悄聲問道。

「接著就交給我處理吧。」

「交給學姐……處理？」

空一臉震驚。

「有什麼問題嗎？」

「不，與其說有問題，不如說學姐到底哪一點沒問題了？」

「放心吧，雖然我確實有那麼一點不擅長應付不熟的人——」

「一點？」

「好吧，一大點。」

「一大點是什麼……」

「雖然我不認識她，但她充其量不過是同校的學妹而已。」

「但妳剛剛不是也在學弟妹面前腿軟嗎？」

「小空，妳沒聽過一句話嗎——『從前種種，譬如昨日死』。」

「嗯……學姐是想說現在的妳和過去的妳已經不同了是嗎？」

「不，我只是想表達，因為那不是昨天的事，所以我現在還是一樣怕生。」

「那剛剛那句引言的意義在哪裡？不就是在說廢話嗎！」

「雖然我依舊很害怕，但不代表我不能採取行動。」

我緊握拳頭，抬起頭說道：

「為了招攬更多人幫助空達成夢想，我絕對不能就此退縮。」

「學姐……」

聽到我這麼說，空露出感動無比的神情。

「就算是為了小空，我也會克服社交障礙給妳看的。」

沐浴在空崇敬的目光中，我甩動身後的長髮，站起身來。

「做、做什麼？」

風花雙手交叉，擺出防禦的架勢。

我睜大雙眼，使力地看著眼前的風花。

被我這樣死盯著看，風花連腳都抬了起來，她將身體蜷縮成小小一團，像是很害怕的樣子。

「……」

「……」

我們就這樣互看著彼此的臉，一句話都沒說。

過了約莫三分鐘，再也忍受不了的我手摀著嘴，彎下腰來——

「嘔——」

「喂！這種想吐的反應是怎樣！」

抓狂的風花從椅子上彈起來。

「抱、抱歉，我不是故意的。」

我試圖解釋道：

「我只是、只是看到妳的臉就想吐。」

「這樣還說不是故意的！」

「拜託不要跟我說話，一聽到妳的聲音我更想吐了。」

「這傢伙根本就是想找風花打架吧？」

憤怒的風花站到椅子上雙手揮舞，激烈的動作讓身後的雙馬尾就像跳舞一般不斷晃動。

但即使她這麼做了，她的身高還是比我略矮一些。

看著她那張牙舞爪的模樣，我感到更加害怕。

為了不讓自己失控，我盡全力繃緊臉蛋擺出撲克臉，壓低聲音說道：

「我警告妳，別再繼續這樣了。」

「！」

「妳難道不知道，我現在多麼想讓妳的臉從我的視線中消失嗎？」

「咿──」

風花發出慘叫，雙眼浮現淚水，看起來像是快哭出來的樣子。

「妳的態度要是再不和善點，我就要失控囉。」

「什麼、什麼東西會失控？」

「那當然是──」

當然是對妳的恐懼啊。

「（抖抖抖抖抖抖抖抖）」

「這傢伙是怎樣！全身抖得跟手機震動一樣！」

「請放心心心心心，這完全是正常常常反應應應應。」

「這完全是異常反應吧！」

就像共鳴一般，風花的身體也和我一同顫抖起來，但現在的我已沒餘裕理會她。

我雙手環抱自己，想盡辦法平復自己顫抖的身軀。

「再忍耐一下啊，我的身體，現在還不是失控的時候。」

但即使這麼做了，顫抖還是沒有停止。

為了減輕我的恐懼，我只好開始自我催眠。

「風花不是學妹，不是學妹，她不過是一塊人形肉塊。」

「咿啊啊啊——」

「她不過是人形肉塊，對，名為風花的肉塊。」

我靠近風花，雙手輕輕捧起她那有如嬰兒般軟嫩的臉龐。

「不、不要……」

風花雙唇不斷顫抖，她的嘴巴一張一闔，卻什麼話都吐不出來。

「風花。」

看著她金色的雙眼，我不斷說道：

「妳不過是肉塊，肉塊——」

「嗚啊——嗚啊啊啊啊啊啊啊——」

風花不知為何大哭出聲！

看著她慌張的樣子，我也跟著慌張起來。

怎麼辦？嚇著她了嗎？

我真的是個蠢蛋，果然還是把事情搞砸了。

只靠我的力量是不夠的。

仔細想想吧。

若是小空在這種狀況下，她會怎麼做呢？

——小空溫柔的微笑浮現在我腦中。

對了，這一點都不難。

只要跟她一樣，露出足以包容一切的笑容就好。

「嘻嘻……」

雖然我不擅長露出笑容，但就算面無表情，也可以笑出聲來。

「嘻嘻嘻嘻嘻嘻嘻嘻嘻嘻嘻嘻嘻嘻嘻嘻嘻嘻嘻嘻嘻嘻嘻嘻嘻嘻——」

「不要殺風花！拜託不要殺風花！」

滿面淚痕的風花緊抓著我的衣服懇求我！

奇怪，情況怎麼越來越糟糕？

只有微笑還不夠緩和氣氛嗎？

那除了笑容，還有什麼舉動可以讓人放鬆呢？

我轉頭看向空，只見她露出一副不可置信的表情，像是在訝異「事情是怎麼演變成這樣的」。

對了，雖然我不可能做得像空那麼好，但當初是她的歌聲給了我勇氣，也給了我夢想。

只要複製她的做法——

「妹妹揹著洋娃娃～走到花園來看花～」

我唱起了歌。

至於為什麼是兒歌，那是因為我只會唱兒歌。

「……」

聽到我的歌聲後，風花就像被石化般一動也不動。

很好，看起來是有效的，再加把勁。

我一邊撫摸著她的臉龐，一邊輕聲唱道：

「娃娃哭了叫媽媽～」

隨著我的歌聲，風花的臉色逐漸變得慘白，直到一點血色都沒有。

我使盡全力扯動嘴角，將其往上拉動約一公分，想盡辦法擠出接近微笑的表情。

「樹上的小鳥，笑哈哈～」

「……」

「嘻嘻嘻嘻哈哈哈哈哈哈哈哈哈哈哈哈——」

最終就在我收尾的笑聲中，風花口吐白沫，頭一歪失去了意識。

★

「坦白說，早點這麼做就好了，我怎麼沒想到呢？」

十分鐘後，我站在風花對面。

就像變了一個人，我的社交障礙完全痊癒，一點都不緊張，說話也變得流利起來。

「只要做點『加工』，不就能正常交流了嗎？我真是太聰明了。」

「正常？聰明？」

「小空，妳覺得哪裡有問題嗎？」

「與其說哪裡有問題……不如說根本全身上下都是問題吧！」

「妳的意思是，風花就是個問題？」

「我才不是這個意思！有問題的明明就是學姐！」

空指著坐在椅子上，因為恐懼而全身發抖的風花說道：

「雪見學姐妳——」

「妳為何要把她綁起來啦！」

在我身前的風花，雙手被反綁在椅子後，雙腳也被絲巾綁在了椅腳上。

「喔喔，這理由很簡單啊。」

我推了推臉上的眼鏡後說道：

「只要知道她不會亂動，我就不會覺得她很危險，也就不會害怕了。」

「危險的是學姐，真正值得害怕的也是學姐！」

「哈哈哈，小空妳別說笑了。」

我擺了擺手說道：

「因為怕她說話，我將她的嘴巴堵起來；因為怕她跟我對上視線，我用手帕遮住了她的雙眼。這麼膽小的我，到底哪一點值得害怕了？」

「應該是沒有自覺這點最可怕了。」

「妳要知道，小空，我們無法解決我怕生的問題。」

「所以？」

「所以我只好解決造成我怕生問題的人。」

「這是什麼企業高層的思考模式！」

「這叫治本。」

「這是治標！」

「好吧，那折衷一下，把風花變成標本。」

「這是怎麼折衷的！意思已經完全不同了啊！」

「唔──唔唔──」

不知道是不是聽到可怕的話，失去行動自由的風花開始不斷掙扎！

「小空，妳覺得她想表達什麼？」

「我想很明顯是『救救我，我還不想死』吧！」

「我看倒像是『喔耶，被綁起來好開心喔』。」

「學姐到底是有多樂觀才會這麼想！」

空抓住我的肩膀不斷搖晃。

「雪見學姐，醒醒啊！不要再自欺欺人了。」

「……」

「看清楚現在的狀況，這可是比妳想的還要嚴重和糟糕啊！」

「其實，我早就發現了……」

我將目光別過一邊，不去看那個被五花大綁的可憐女孩。

「我們好像不知不覺間，做出了『極度近似犯罪』的行為。」

「妳用詞也太小心了，我倒覺得我們這根本就是犯罪了。」

「不管從什麼角度看我都沒有犯罪，我只是善意地限制她手腳的自由，善意地剝奪她視物和說話的能力，善意地讓她有了忘不了的心理創傷。」

「學姐，我可以理解妳想逃避現實的想法，但並不是加上『善意』兩個字，就什麼行為都會變成好的。」

「我沒錯！都是風花誘使我這麼做的！我是被她逼的！」

「這已經完全是犯罪者的自白了！」

「嗯……對了，我想到了一個解決現況的好方法。」

「雖然學姐說的好方法讓我有點不安，但姑且還是聽聽看吧。」

「妳把我綁起來，再打我幾拳。」

「……為什麼？」

「我和風花一樣都是悲慘的同伴，對，我們都是被不明的邪惡生物綁來這邊的。」

「真、真是卑劣，竟然想假裝自己跟她一樣是被害人。」

「我本來就是被害人，看看我這可憐的樣子。」

「哪有這回事！妳哪有被什麼東西迫害！」

「我被教育制度所迫害。」

「……」

「還有不讀書就沒有未來的社會價值觀。」

「雖然我認同學姐的話，但請不要用這種好像很宏大的話題隱藏自己的錯。」

「既然無法裝作被害人，那不就只能想盡辦法隱匿自己的罪行，想辦法進行完美犯罪了嗎？」

「學姐妳的思考越來越像犯罪者了，妳知道嗎？」

「俗話說得好，『沒被發現的犯罪，不算犯罪』。」

「沒有這句俗話！」

「不過適才的對話也不算無用，就在和小空的對談中，我想到了一個完美犯罪的好方法了。」

「嗯，又是雪見學姐的好方法，我心中的不安感越來越重了。」

「放心吧，這個方法絕對能讓我脫罪。」

「都已經演變到這個地步了，竟還有逆轉一切的神奇方法？」

「那當然。」

我再度推了推眼鏡，以嚴肅的表情說道：

「這個足以抹消我一切罪惡的必殺技，那就是——」

「告訴風花這一切都是小空逼我做的。」

「什麼爛方法！」

「這樣就不會有人想到凶手其實是我了，真可謂是完美犯罪。」

「完美犯罪不是這樣用的，而且學姐妳真覺得自己不會有事嗎？」

「小空，妳仔細想想。」

「想什麼？」

「若是擁有『坐牢』的經歷，當妳出道成為偶像後，不覺得就會造成話題嗎？」

「沒錯，感覺就會造成一連串的負面話題。」

「負面也沒什麼不好啊。」

「咦？」

「到時接受訪問時，妳就可以這麼說：『我成為偶像的理由，就是想要贖罪，你們現在因我綻放的每個笑容，就是在一點一滴融化我過去的罪惡。』」

「這句話也說得太好了吧！」

「『我想證明，就算曾犯過錯的人，也可以站在舞臺上發光。』」

「嗯、嗯。」

單純的空被我的演說吸引，不住點頭。

「『就是擁有錯誤，我才能像個人類一般發光，我不是站在大家上方的偶像，我是你們的同伴、伙伴、朋友——不，我就是你們每個人。』」

「說得好啊！」

「『為了寬恕自己，人類才變得溫柔。』」

我向空張開雙手，柔聲說道：

「『因為我就是你們，所以你們對我的喜愛，就是你們溫柔的展現；你們對我的支持，就是在支持你們自身。』」

「嗚、嗚……」

空開始流淚哭泣。

「『就是有了過去的失足，你們才能為我擔心、才能照顧我、才能以你們的堅強守護我。』」

我輕輕將空擁入懷中。

「『我的閃耀，因你們而存在。』」

「嗚啊啊啊啊啊——雪見學姐～」

比想像中容易操控的空一把眼淚一把鼻涕地說道：

「我知道了！我現在就去自首！」

「警察局就在出學校後右轉，別迷路囉。」

「我知道了！謝謝學姐教導我怎樣才能做個正確的偶像！」

「在成為正確前，先勇於承認自己的錯誤吧。」

「是！我就是個罪人！我該死！」

空一邊大喊一邊跑出了門！

「快來個人制裁我啊啊啊啊啊——」

嗯，坦白說空這傢伙比我想的還要單純，才不過幾句話，她的價值觀就完全被改變了。

雖然純真也是她的優點沒錯，但這麼容易被騙真的好嗎？害我忍不住擔心起她的未來了。

「接著……」

我將束縛住風花手腳和眼口的布給解開。

趁空不在的時候，我得把這事給解決掉。

「嗯……？」

重獲自由的風花，以困惑的眼神看著我。

「（抖抖抖抖抖抖抖抖抖抖抖抖抖抖抖抖抖）」

因為怕生，我全身上下不住地發抖。

大家會不喜歡我也是自然的。

為了不因為害怕而失控，每次看到不熟的人，我總是用冰冷的態度和眼神面對他們，這樣的人，又怎麼可能會受歡迎呢？

要是只有我一人面對風花，想必我一定馬上就逃走了。

但是，我希望能有更多人在空身旁幫助她。

不能因為我的錯，讓風花對空有奇怪的印象。

我必須好好面對這一切。

因為完成空的夢想，就是我的夢想。

「風花。」

我將眼鏡脫了下來，放到一旁。

「妳、妳又想對風花做什麼？」

風花再度露出害怕的表情，殊不知我心中比她還恐懼。

我走到她的面前，默默地從高處看著風花。

「對……」

「對？」

閉上眼，緊握雙拳，我以幾乎要咬碎牙齒的力道咬牙，強制停止身體的顫抖。

「對不起！」

我砰的一聲朝她下跪。

這是完完全全的下跪，就連頭都抵在了地上。

可能是因為豁出去的關係，我感到一陣輕鬆，就連說話都變得流利起來。

「一切的責任都在我！不管說什麼藉口都無法掩飾我犯下的錯誤。」

「……」

「我只是想邀請妳加入『夢想藍圖』，希望妳在完成夢想的同時，也能幫小空完成夢想。」

「……」

「小空是個好孩子，是個很有魅力的偶像，所以，就算妳討厭我也沒關係，但是求妳——」

我抬起頭來，大聲懇求道：

「求妳不要討厭小空。」

我不知道現在的我是怎生模樣，或許狼狽不堪到不忍卒睹，或許莫名其妙到讓人心生畏懼。

目睹我這番舉動後，風花陷入了沉默。

過了不知多久後，她緩緩說道：

「真是意外啊。」

「……」

「傳聞中的『雪見學姐』，跟風花現在看到的完全不同。」

「……？」

「原來，妳也會露出這麼拚命的表情啊。」

「咦？」

我摸著自己的臉，有些訝異地說道：

「我看起來……很拚命嗎？」

「是啊，好像一不小心就要哭出來似的，那個傳說中連哭泣的雪女看到都會停止哭泣的雪見學姐到哪裡去了呢？」

「連哭泣的雪女看到都會停止哭泣……這是什麼詭異的比喻。」

「不過，在風花加入前，風花想問妳一個問題。」

「嗯？」

「為什麼……是風花呢？」

看著我的雙眼，風花以認真的態度緩緩問道：

「為什麼妳這麼拚命地想要找風花入社？對妳來說，風花是這麼必要的存在嗎？」

「不。」

我抬起頭來，老實地說道：

「對我來說，『風花』這個人並不是必要的存在。」

「那麼，妳為何找風花？是為了那名叫空的女孩子嗎？」

「也不是。」

「那這個社團到底是誰需要風花？」

「這還用說嗎？」

我伸出修長的手指，指向我面前的風花。

「那當然是妳自己需要風花。」

「我自己……？」

「我曾看過妳躲在學校暗處練習演戲的模樣，我也知道妳的夢想，是成為一個『演員』。」

風花面露驚訝之色，像是訝異我竟然知道此事。

「我知道的，我自己是個毫無才能的人。」

我只是雪，一無所有的雪。

為了成就自己作家的夢想，我成立了這個「夢想藍圖」，奢望他人的夢想可以照亮我。

但是——

「就是因為我毫無才能，我才能欽羨妳們，才能發現妳們身上的光芒。」

「……」

「不管是妳還是空的才能，其存在的目的都是為了和我們這些人做出區別。」

妳必須和空一同閃閃發光，讓我們仰望。

「所以，我才說是妳自身需要『風花』，若是妳沒有成為比誰都還特別的存在，妳身上的才能會哭泣的。」

「那麼，若是風花跟妳說，風花對完成夢想一點興趣都沒有呢？」

「要是妳擁有才能卻不能成就夢想……那我又該怎麼辦呢？」

「風花不用對妳負責吧。」

「我知道，但是，我希望妳可以成功，希望妳可以成為一個讓我羨慕的人。」

「讓妳羨慕？」

「是的，因為有了這樣的羨慕和飢渴，我這樣空無一物的人，才能為其他和我一樣的平凡人寫下精彩的故事。」

因為，在妳們身邊的我，比誰都還明白妳們的耀眼。

我有社交障礙，除了寫作外沒有其他擅長的事。

妳們是我永遠無法觸及的目標。

我想抱持著這樣的失落，為其他和我一樣的人寫下文字。

我想用這樣的小說來證明——

即使是我這樣笨拙的人，也能寫出吸引人的故事，和妳們這樣厲害的人並肩而行。

「所以，拜託妳加入『夢想藍圖』。」

我再度將頭磕了下去。

聽完我這席話，不知為何風花陷入了沉默。

不知過了多久，她輕聲笑了出來。

「呵……真有趣。」

「咦？」

我抬起頭來，結果看到風花臉上露出了我從沒看過的笑容。

金色的眼睛瞇得細細的，嘴角彎成好看的弧度。

那個似笑非笑的表情吸引力十足，讓我聯想到了「小惡魔」這個形容詞。

「風花對妳和空有點興趣了。」

從椅上跳下來，她將我扶起身。

「雪見學姐，不，既然妳調查過我的事，那我能叫妳小雪嗎？」

還沒反應過來的我，只能茫然地點點頭。

「小雪，從今天起，就請妳們多多指教囉。」

「咦？妳的意思是——」

「風花的意思很簡單啊。」

風花對我露出成熟又帶點稚氣的笑容說道：

「從今天起，風花就是『夢想藍圖』的一員了。」

第五章
風花雪月之二

「總之，從今天起，風花就正式加入我們『夢想藍圖』了。」

隨著我的介紹手勢，正坐在和室上的風花微微點頭，向我和空打了聲招呼。

「兩位好，我是就讀二年F班的風花，以後還請妳們多多指教。」

風花的姿態很端正，宛如畫一般地正坐姿態，讓她整個人散發出一股既成熟又優雅的氣息，不過目光只要一觸及到她擺放在膝蓋上的小巧手掌，那股成熟的印象就會從腦中消失，取而代之的是小孩子模仿大人正坐的可愛感。

看著眼前的風花，空疑惑地問道：

「咦……風花學姐加入我們社團了？」

「是啊。」

「……」

空嘴巴大張，接著，她把我拉到一旁。

「雪見學姐！」

「什麼事？」

「昨天到底發生什麼事了？風花學姐怎麼突然加入我們社團了？」

「這怎麼想都只有一種可能吧。」

我推了推眼鏡，一副這沒什麼地說道：

「我那真摯的誠意感動了她。」

「這是最不可能的原因吧！」

「小空，妳怎麼這麼說呢，在我優良的物理溝通技巧下，鮮少有人不屈服的。」

「物理溝通技巧是什麼？真虧妳能把拷問說得那麼文雅。」

「而且，從昨天的事我學習到了，這世上絕大多數的事情，都可以用『五體投地』這招解決。」

「五體投地？」

「就是下跪。」

「不要亂用成語！還有，學姐昨天對風花學姐下跪了？」

「是啊。」

「……昨天在我走之後，到底發生什麼事了？」

「這是我生平第一次對學妹下跪呢，意外地感覺沒什麼，啊，小空，可以把旁邊的點心拿給我嗎？我跪下求妳。」

「這也太隨便了！學姐妳到底把下跪當什麼了？」

「一種雙膝著地的人體姿勢。」

「……怎麼改一種說法後，下跪感覺就好像真的沒什麼了。」

「不過昨天是真的沒發生什麼特別的事，對吧？風花。」

我一邊轉頭這麼問，一邊將手搭上風花的肩膀。

「是啊，小雪。」

風花也搭上了我的肩膀。

看著我們互搭肩的模樣，空訝異地說道：

「咦？雪見學姐妳的社交障礙呢？」

「所謂的社交障礙來自於害怕——怕自己做錯事、怕對方不喜歡自己，但是昨天……」

我瞄了風花一眼。

「我最羞恥的一面已經被風花看光了，所以我沒什麼好怕的了。」

「所以說妳們到底在我不在時做了什麼！」

「嗯？剛不是說了嗎？就是下跪啊。」

「嗯，對、對——就是下跪沒錯，我絕對沒有想成其他奇怪的事。」

不知為何空臉紅地移開視線，像是做錯了什麼事一般。

「從昨天的事我明白了，只要先丟臉到極限，接著不管做出什麼行為，我都不會再有丟臉的空間了。」

「有這種想法才是最丟臉的吧。」

「原來治療社交障礙是如此簡單——只要逢人就先下跪就對了。」

「與其說這是治療，不如說是放棄治療吧！」

「妳沒聽過一句名言嗎？小空。」

我推了推眼鏡說道：

「『只要想辦法走到谷底，那接著不管往哪裡走，都會是上坡』。」

「學姐妳每次引用的名言怎麼都那麼怪啊？」

「不會啊，這句名言是出自於古代的……總之就是過去的人類。」

「好含糊！」

「『所謂的名言佳句，有百分之百的機率是以前的人說的』。」

「聽起來好像很有道理，其實根本就是廢話。」

「沒錯，『名言佳句就是聽起來很有道理的廢話』。」

「這又是誰說的？」

「雪見。」

「原來是妳！」

「小雪說得很好啊。」

風花在一旁點頭贊同道：

「風花記得還有一句很有名的話是——『要如何一輩子都不輸？只要永不面對就好』。」

「『當你失敗時，別懊悔，因為你造就了他人的成功』。」

「『我廢故我在』。」

「……」

「……」

彷彿和風花心靈相通，我們互看彼此幾秒後，四手相握。

「……這不斷持續的廢人錦言是怎麼回事？」

像是頭很痛的空按著太陽穴說道：

「還有，妳們不是昨天才認識嗎？默契怎麼這麼好？」

「哼，之前不過是我沒認真罷了。」

我撥了撥瀏海說道：

「要是我認真起來，交到一兩百個朋友根本不算什麼難事，更別提讓風花成為摯友這種小事了——」

「咦？風花什麼時候跟小雪是朋友了？」

「！」

「風花、什麼時候、跟小雪、成為朋友了？」

面對震驚的我，風花以燦爛過頭的笑容再說了一次。

「可是、可是昨天……可是剛剛……」

「喔，那只是風花的即興演出，即使不是朋友，勾肩搭背也很正常吧？」

「也、也就是說，我們──」

「嗯，還不是朋友。」

「……」

被這句話刺傷的我躲去牆角，將頭埋在雙膝中。

「雪見學姐！妳還好嗎？」

看到我面如死灰的模樣，空著急地跑到我身邊來關心我。

「小空，我現在懂了。」

「懂什麼？」

「原來自作多情，以為對方對自己有意思，接著滿懷自信告白後被拒絕是這種感覺啊。」

「這心情形容得還真是具體。」

「像我這種賤民，在沒經過風花大人允許的狀況下，就自稱是她的朋友，實在是罪該萬死。」

「學姐妳沒錯！這一切都是風花學姐的不對！」

「妳不要安慰我了。」

「我不是要安慰妳，這是事實。」

為我抱不平的空大聲說道：

「風花學姐就算要拒絕妳，也該考慮到妳比她想像中還要沒用一百倍啊！她的說詞就不能溫柔點嗎？真是的。」

「……」

「當一個人已經夠可憐時，妳會當著她的面說她可憐嗎？不會吧！因為這已經是眾所皆知的事實了，特地挑明只會讓大家難堪而已，這是做人的基本，不，這是世間的常理！」

「……」

「當妳面對已無可救藥的存在時，不就應該假裝她還有救才是一種憐憫嗎？要是我是風花學姐，我一定會這樣說的——」

露出陽光般的笑容，空用雙手包裹住我的手說道：

「我是雪見學姐的朋友，一直都是喔。」

「我要去死啊啊啊啊啊——」

「雪見學姐！妳在做什麼！為什麼作勢要跳樓！為什麼！」

「呵呵……」

因為我和空鬧得不可開交，所以並沒有注意到，就像是再也忍不住一般，風花小小的雙手摀住了嘴，銀鈴般的笑聲從她指縫中散發出來。

「呵呵呵呵……果然如風花所想，是個有趣的地方呢。」

★

十分鐘後，混亂的局面總算稍稍控制住。

因為我的心理創傷還是沒復原，所以暫時由空代替我招待風花。

「重新自我介紹一下。」

正坐在地上的風花，露出小惡魔般富有魅力的笑容說道：

「我叫風花，現在就讀二年級，夢想是成為演員。」

「演員……」

「是啊，風花在演技方面可是很有自信喔。」

「演技？」

空上上下下打量風花，輕皺眉頭說道：

「是……專門飾演幼女和小學生的演技嗎？」

——噗。

在這樣的狀聲詞後，我彷彿看到風花的額頭出現了青筋。

看來這些詞對她來說是禁句。

「打從初見面風花就這麼覺得了，妳這傢伙是不是有點天然黑啊？」

「天然黑是什麼？」

「比方說……對了，妳覺得雪見如何？」

「她是我最尊敬且最喜愛的學姐，只要她需要我，不管是天涯海角我都願意去，為了她，即使赴湯蹈火我也在所不辭。」

「小空……」

聽到空這麼說，感動的我抬起頭來，眼淚差點就要從眼中流出來。

「那妳覺得她與人交際的能力如何？」

「根本垃圾。」

「……」

我重新躲回角落，將頭埋進膝蓋中。

眼前一片黑暗。

真棒，就是這股黑暗讓人覺得好安心啊。

「風花覺得，妳剛剛對小雪的行為，已經完美詮釋什麼叫作『天然黑』了。」

「嗯？我還是不懂。」

「沒關係，妳就繼續保持這樣跟小雪相處就好了，比較有趣。」

「從剛剛我就很想問了，為何妳叫雪見學姐『小雪』啊？」

「那當然是因為我年紀比她大啊。」

「嗯？可是妳今年不是高二嗎，怎麼會比高三的雪見學姐年紀大？」

「就算很難相信，但這確實是事實。」

可能是想展現成熟的姿態吧？風花手托著臉頰說道：

「風花今年可是滿二十歲囉。」

「二十歲？真的假的！」

「風花沒必要騙人。」

「怎麼會……這世上竟有如此殘酷的事。」

「殘酷？怎會用這個形容詞？」

「因為若是妳已經二十歲，那不就表示、不就表示——」

空露出哀傷的眼神說道：

「妳現在的身高，這輩子都不會再增加了嗎……」

「很好，妳這天然黑給我出來！風花馬上用我飾演黑社會的精湛演技痛扁妳一頓！」

不，那不叫演技，只是單純的暴力。

「風花學姐，妳冷靜點。」

空一邊慌張地擺手一邊說道：

「人的價值並不是區區身高可以定義的，就算妳在這方面不及格，也不代表妳的人生會就此失敗，所以別生氣，好嗎？」

「這種表面安慰，實則在追加攻擊的話還真是讓人火大。」

「而且現代也有不少例子，證實了女性在二十歲之後，身高還是會進行變化的——」

「真的嗎！」

瞬間激動起來的風花站起身，緊抓著空的手臂問道：

「是怎樣的例子，請務必詳細說給風花聽——」

「聽說女生在六十歲之後身高會縮水。」

「很好，風花現在確定妳是在找碴了，妳給風花到外面，風花要發揮瘋狗的演技咬死妳。」

「咦？咦？」

「嘎吼！嘎滋！」

只見風花小小的嘴巴一張一闔，露出整齊排列的白色牙齒，作勢要咬空。

「嗚啊啊啊啊啊——等、等一下啊！」

「吼！吼吼！」

完全變成瘋狗的風花，就這樣撲向了逃竄的空。

「嘿——看我的。」

慌張的空拿了旁邊的羊羹塞到風花嘴中，嘴巴一咬到東西，風花登時靜了下來。

她叼著點心，用四隻腳跑到角落，趴到地上開始專心吃起羊羹條。

「雪見學姐。」

空湊到我身邊，向我說道：

「風花學姐剛剛說她演技厲害果然不是在吹牛，她現在的姿態，比母狗還像母狗耶。」

「……我也開始明白風花說的天然黑是什麼意思了。」

「嗯？」

空歪著頭看著我，一臉納悶。

看著她一臉純真的表情，我知道她說這話時完全沒意識她自己說了什麼。

我輕嘆一口氣，指著遠處的風花說道：

「妳別看風花那個樣子，她的ＩＱ可是有一百七十喔，剛入學時，還曾因為外表和過人的聰慧，被冠上『風之妖精』的別號。」

「瘋之妖精？」

「不……是『風之妖精』。」

「聽學姐這麼一說我也想起來了，曾聽老師說過一則傳聞，幾年前，有個金髮的天才，每科都考滿分，就連校排名也一直是第一，但不知為何，總是故意在重要考試失手，每年都讓自己留級。」

「沒錯，那個人就是風花，要不是故意考差成績，她甚至有可能直接跳級去念大學呢。」

「難怪人家說天才和笨蛋只有一線之隔。」

「我不知道為何妳聽完說明後感想是這樣，但總之妳明白了吧？風花是個很厲害的人——」

「汪！汪！」

趴在地上的金髮小女孩吃完羊羹條後，開心地汪了兩聲。

「總之妳明白了吧？她『可能』是個很厲害的人。」

「雪見學姐剛剛是不是若無其事地修正了對風花學姐的評價？」

「別在意這種小事。」

我盡力移開自己的視線，不去看發揮驚人柔軟度，正在用腳搔著自己雙馬尾的風花。

「雖然詳細原因我不清楚，不過風花似乎因為某個不得已的私人理由留級許多年，所以她才會明明年紀比我大，現在卻只是個高二生。」

「感覺好像有很深的隱情啊……」

空以同情的眼光注視風花說道：

「難怪她現在會變成這種慘不忍睹的模樣。」

「不，雖然我不知道小空妳想像了什麼，但肯定跟妳想的不一樣。」

「難道不是因為她家境窮苦無法修到足夠的學分只好拚命打工卻遇到壞心老闆把她當作廉價勞工操弄導致身體因為過勞而搞壞了就連身高都縮小了賺的錢全都花在治療上結果因為藥的副作用身高又縮小了等到好不容易復學後發覺青春已不在自己的時光還停留在過去可是大家都已不斷前行心靈打擊過大讓身高又縮小了？」

「妳是怎麼在那麼短的時間內，把風花的身世編得那麼慘的？」

而且「身高縮小」是不是提了很多次？

「雪見學姐，我決定了。」

「決定什麼？」

「我會好好負起責任的！」

空握緊拳頭，像是下定了決心似地說道：

「請讓我在社辦飼養風花學姐！」

「想飼養同校的學姐是怎樣！」

空除了易於操弄外，還有一個不知該說是優點還是缺點的特質。

那就是每次腦袋一熱後，行為和說話就會脫離常軌。

要不是這樣，她昨天也不會在被我煽動後，就跑到警察局自首了（聽說校方還被通知到場，惹出了不小騷動）。

「我一定會好好餵風花學姐吃飯，也會定時帶她去散步的。」

「這彷彿飼養寵物的說詞是怎樣！」

「我會把她當作人類一般用心照顧的！」

「因為她就是人類啊！」

「汪！汪！嗷嗚！」

「因為她原本就是人類啊！」

「咦？學姐的說詞是不是又微妙地改變了？」

陷入狂熱的空最後差點要把風花戴上項圈牽回家，在我拚命阻止下，她才總算打消念頭，恢復了冷靜。

★

之後，空因為要打工的關係，先行離開了社辦。

我和風花再度成了獨處的狀態。

「小雪。」

風花收起胡鬧的模樣，回到了正坐姿態。

窗外的夕陽照了進來，將她那似笑非笑的笑容點亮。

一股成熟又恬靜的氣息以她為基點擴散，支配了整間社辦。

她金色的眼眸轉向我，被她那漂亮的雙眼一照，我不由得屏住了呼吸。

現在的她，和剛剛胡鬧的她完全判若兩人。

這種感覺……

就像是剛剛和空說話的她是演出來的。

「妳真的是風花嗎？」

看著這樣的她，我忍不住這麼問了。

「誰知道呢，說不定現在的風花才是演出來的也不一定。」

「……」

總覺得她有很多個面相，而且似乎都有些互相矛盾。

有時愚笨，有時睿智。

有時膽小，有時大膽。

有時胡鬧，有時嚴肅。

彷彿一下就能看透，但當你以為已經瞭解她後，她又冒出了另外一面來。

「比起風花的事，現在風花更想問小雪一個問題。」

她露出意味深長的笑容問道：

「小雪，妳為何要說謊呢？」

「……什麼說謊？」

「像妳這麼怕生的人，想必早就詳細調查過風花，知道風花為何留級了。」

「……」

「妳為何不跟那個天然黑說清楚？」

「因為，那畢竟是該由風花妳親自說明的事吧，不該由我代為說出口。」

「那麼，妳說說看。」

風花低垂脖子，將單手伸出，擺出了一個「請說」的手勢。

「風花想知道，妳都知道了什麼。」

「真的可以說嗎？」

「當然可以。」

風花露出淺笑。

從她的笑容中，透出了一股不容拒絕的氣勢，等到我發覺時，我已經以正坐的姿態坐到了風花對面。

「妳留級的理由，其實一點都不複雜，甚至可以說單純至極。」

我本來就不是個靈巧的人，所以我沒有絲毫顧慮地直白說道：

「妳是為了自己的妹妹才留級的。」

「沒錯。」

風花輕輕地點了點頭，贊同了我的說法。

「妳和妹妹因為某種不可解的原因分開，從此兩人再也無法見面，為了跟她念同一所學校，妳故意留級，在這邊等她。」

「妳確定嗎？」

露出意味深長的笑容，風花說道：

「風花有著當演員的夢想，也是差點就跳級念大學的天才喔，這樣的風花，怎可能會為了一個許久沒見過的妹妹，拋棄光鮮美好的未來？」

「就算拋棄一切等待妹妹，又有什麼好奇怪的？」

「這當然奇怪，因為付出和獲得完全不成比例，若風花真是如妳所說的聰明人，又怎麼會做出這麼愚蠢的事？」

「即使如此，也一點都不奇怪。」

看著風花那有如湖水般搖曳的雙眼，我嚴肅說道：

「因為，那想必就是妳真正的夢想。」

「我的夢想並不是和妹妹相遇喔。」

「我知道。」

「所以，妳的假設是錯誤的。」

「或許吧。」

或許我想的完全不對，但是——

「看著妳平常的樣子，我不知為何突然冒出了一個奇怪的想法——『或許，妳一直都在演戲』。」

所謂的演員，就是化身成他人。

「妳努力飾演『風花』這個人，假裝自己是個笨蛋而留級，也假裝自己對妹妹不屑一顧。」

相信自己是別人，也讓別人相信自己是他人。

「所以，妳才說自己的夢想是當個演員。」

我不知道妳是想抹殺自己，還是想隱藏真心。

但不管原因為何，我還是從妳身上，看到了如空一般的光芒。

「所以，小雪的意思是，風花一直表現在外的樣子，其實是個空殼、不過是個謊言？」

「我不知道。」

我輕輕搖了搖頭。

「要是我能識破妳的演技，我就不會是個一無是處的平凡人了。」

「若真如妳所說，風花是天才，而妳不過是個平凡人──」

風花露出有些壞心的笑容說道：

「那妳憑什麼分析風花？」

「……」

「妳憑什麼肯定風花？又是憑什麼支持風花？」

「我知道妳想表達什麼，但這是我唯一能做的事。」

除了肯定和支持妳們，我無法做更多了。

我曾不只一次希望，要是我是個成名的大作家，那我就能拍胸膛跟空和風花保證：一旦我將妳們的故事寫成書，妳們的夢想就必定能實現。

然而現實是，我非但無法成為她們的助力，還必須借助她們的才能，完成自己的夢想。

「小雪，在妳眼中，風花是天才還是笨蛋呢？」

「我不知道。」

「風花是為了別的原因留級，還是為了等待自己的妹妹呢？」

「我也不知道。」

「風花真的演技很好，具有才能嗎？」

「坦白說，我連這點都不確定。」

「但是，即使如此──」

風花看著我，對我露出愉快至極的笑容。

「妳依然想要肯定風花的才能和夢想？」

「是的。」

我毫不猶豫地點頭說道：

「我必定會肯定妳。」

「為何？」

「原因有很多：妳比我可愛、思考比我靈活、說話比我流利、交際比我有手腕、有時會散發出讓人參不透的魅力。」

「但那都只是表面上的原因，妳根本就不瞭解風花。」

「就算我不瞭解妳也沒關係，因為我瞭解我自己。」

我手撫著胸膛，堅定地說道：

「我比這世上任何人都明白，妳比我優秀許多。」

「所以，妳是足以讓我憧憬的存在。」

聽到我這樣的宣言，風花就像是受到什麼衝擊似地定在原地。

「我是……足以被憧憬的存在？」

她嘴中喃喃念著這句話。

不知為何我注意到了，她是用「我」，而不是用「風花」自稱。

過了不知多久後——

「噗——」

風花低下頭，笑出聲來。

「噗哈哈哈哈哈哈——」

她笑得前彎後仰，就像是這輩子沒遇到這麼好笑的事一般。

「我說了什麼好笑的事嗎？」

「不，風花在笑自己。」

「嗯？」

「風花看走眼了。」

風花伸出小小的手指，抹去眼中笑出來的淚水後說道：

「風花竟然沒注意，小雪身上有著難得一見的才能。」

「我沒有才能喔。」

「妳錯了，不管是怎樣的表演，都要有觀眾才可以成立，因為有了妳口中平凡之人的觀賞，具有才能的人才可以在舞臺上發光，所以——」

風花指著我說道：

「妳的自卑和平凡，就是妳的才能。」

聽到這句話的第一瞬間，我感到很震驚。

但稍加思索後，我馬上搖了搖頭說道：

「妳說的是錯的，要是這也算是才能，那麼這世上的大家都有才能了。」

「終有一天，妳會明白風花這句話的意思，但現在我得先謝謝妳才行。」

風花站起身來。

「咦？」

接著，她做了一個讓我意外無比的舉動。

她輕輕拍了拍我的頭。

「謝謝妳認同風花。」

她將手伸入我柔軟的髮絲中，一邊用手指溫柔地梳理一邊說道：

「謝謝妳願意認同風花這樣的人。」

站著的風花，比坐著的我高一個頭左右而已。

我不知道她曾發生過什麼事，也不知道她是抱著怎樣的心情說這些話的。

我只知道，風花的觸摸非常溫柔。

就像是在摸著妹妹的頭。

第六章
毀於一旦

「百年累之，一朝毀之。」

這句古語說的是，長久以來建立的事物，一個晚上就毀滅了。

看著眼前混亂的情景，我忍不住暗自感嘆。

這世界是多麼地不合常理。

為了維繫和平，人們付出無數的心思和努力，但是要毀掉這樣的努力，只要一瞬間就行了。

人類從歷史中得到的唯一教訓，就是我們無法從歷史中得到教訓。

「我只是……想建立一個社團啊……」

為什麼會變這樣呢？

為什麼只是祈求和平這樣小小的願望，也無法達成呢？

趴在地上的我，意識逐漸遠離。

在陷入完全的黑暗前，我忍不住思考。

我究竟是走錯了哪一步，才讓情勢變得如此糟糕……

★

一小時前。

「風花學姐。」

空一邊嘎滋嘎滋地吃著仙貝，一邊說道：

「妳說妳的夢想是當演員，這是真的嗎？」

「是真的啊。」

同樣吃著仙貝的風花不經意地回答。

她跪坐在地上，雙手拿著仙貝一點一點地啃著。

這幅情景讓人聯想到倉鼠吃東西的模樣，充滿治癒感。

空手指抵著下巴，微微歪著頭問道：

「嗯……可是除了上次變成狗外，我沒看過風花學姐展現演技的模樣呢。」

「……」

「風花學姐的演技……」

空以天真無比的表情，緩緩說出了造成之後一切混亂的話——

「真的很厲害嗎？」

啪嘰！

風花手中的仙貝碎成了無數細小的碎片。

因為她低著頭的關係，我看不清表情，但她全身上下都散發出了一股驚人的壓迫感。

我不自覺地往後退了一步，拉開和風花之間的距離。

但是遲鈍的空完全沒發覺，她以一如既往的純真笑容說道：

「若是風花學姐的演技還不錯，那等到我幸運出道後——」

「或許我能向電視臺推薦風花學姐喔。」

我再強調一次，空完全沒有惡意。

但是聽在不瞭解她的人耳中，這些話完全像是另一個意思。

「妳是在同情風花嗎？」

風花露出燦爛到讓我再退了一步的微笑。

「咦？什麼意思？」

「妳的意思是風花靠自己的力量無法完成夢想，所以必須靠妳的幫助嗎？」

「不不不，我怎麼可能是那個意思呢。」

「嗯？謝謝風花學姐關心，晚上走路時我一直都很小心。」

「妳這天然黑！以後走夜路給風花小心點！」

「我連妳有沒有才能都不知道，怎麼可能知道妳會不會成功呢？」

空一邊搖手一邊慌張解釋道：

「嗚嘎——」

風花一邊張牙舞爪一邊發出威嚇的聲音，另一邊空則是滿頭問號。

其實從一開始她們見面時我就稍微察覺了。

這兩個人的相性好像不太合。

不知為何，最後總是會變成風花全力進攻，而空毫無自覺的狀況。

坦白說要是有來有往，變成相互爭執也就罷了，但這種單方面全力燃燒，最後全然落空的狀況實在不太健康。

「現在風花就讓妳好好見識見識，風花那被稱為『職業演員六段』的實力！」

演員原來是段位制的嗎？

「就算風花學姐這麼說，但我對演戲一竅不通，根本就不知道妳演得好不好啊。」

空輕皺眉頭，露出有些困擾，甚至可以說是冷淡的表情。

這樣的態度再度火上加油，風花的笑容益發燦爛，已經散發出神聖的光芒了。

「就算不懂也沒關係，風花一定會用演技徹底征服妳。」

風花在站起身的同時挽起袖子，看起來幹勁十足。

空以略微尷尬的眼神看向我。

「（雪見學姐，該怎麼辦？）」

我和空之間的默契，已可以用眼神相互溝通。

我以眼神和手勢不著痕跡地示意道：

「（風花畢竟是年紀比我們大的長輩。）」

「（嗯嗯。）」

「（就算沒興趣，還是得適當地敷衍一下。）」

「（好吧，既然是雪見學姐的要求，那我就勉為其難地應付她——）」

「風花劇場第一集：雪見模仿秀。」

「哇！感覺好棒喔！」

啪啪啪啪啪啪啪啪！

空的雙眼放出光芒，雙手不斷鼓掌。

「……」

那個樣子別說是勉為其難了，根本是興致盎然。

不過這也不能怪她啦，我也有點好奇風花要怎麼模仿我——

「『啊啊——』」

一聲淒厲無比的叫聲突然打斷了我的思考，也劃破了寂靜的社辦。

「『啊啊啊啊啊啊啊啊——』」

風花以面無表情的狀態持續發出淒厲的慘叫：

「『有人類啊啊啊啊啊——好可怕喔喔喔喔喔喔——』」

「天啊！風花學姐也演得太像了吧。」

「……」

「『不要以為我無法跟人交流喔！要是我認真起來，跟人說個一句話不哭出來還是做得到的！』」

「真是驚人的演技！根本只能用唯妙唯肖來形容！」

「……」

「『這世界分成兩種人，一種是善於與人交流的人，一種則是雪見我。』」

「這是奇蹟嗎？」

空看著風花，揉著眼睛說道：

「我的面前，竟然出現了第二個雪見學姐。」

「……那個，我想確認一下。」

短短幾秒鐘內心就滿目瘡痍的我，怯生生地舉起手說道：

「在妳們眼中，我的形象真的是這樣嗎？」

「當然。」

「當然。」

空和風花異口同聲地說道，同步率高得嚇人。

「可是，妳們不覺得奇怪嗎？」

「哪裡奇怪了?」

她們繼續以完美重疊的聲音回應我。

「真正的我,該怎麼說呢……應該比風花剛剛演的……那個……再稍微有用一點吧?」

「沒這回事。」

她們同時搖搖手說道:

「要是去除掉沒用的部分,雪見學姐還剩下什麼呢?」

「……」

這兩個人真的不是在聯手霸凌我嗎?

不顧我心中的苦悶,風花的小劇場持續進展下去。

她正坐在地上,小小的手在胸前彎成碗狀,彷彿端著碗在吃飯。

「風花劇場第二集:雪見吃飯。」

我吃飯時的樣子?這有什麼好演的?

「『嚼嚼,嗯!這碗白飯真好吃!』」

「太好了,看來這次是平常的表演——」

「『嗚……嗚……』」

我話說到一半就被風花的嗚咽聲打斷。

「『做這碗飯的人,有著我沒有的才能啊……』」

兩行淚水從風花眼中淌出。

「『太耀眼了,這就是「使用電鍋的才能」嗎?』」

「雪見雪姐……原來妳……」

空以同情的眼神看向我。

「別這樣看我！我會用電鍋！不就是瓦斯爐打開，然後再把電鍋擺上去嗎！有什麼難的！」

「……」

「……」

「等一下！妳們為什麼要用憐憫的眼神看我？喂，這是怎麼回事！」

不顧我的大聲抗議，空和風花在一旁以我聽不到的音量交頭接耳。

「喂，這傢伙比風花想像的還不妙耶。」

「妳不覺得雪見學姐這麼沒用的樣子看起來很可愛嗎？充滿著讓人無法放下她不管的魅力。」

「聽起來跟流浪狗的感覺差不多。」

「不要亂說，這兩者間有極大不同，妳想想，狗不會說話，可是雪見學姐會說話。」

「嗯嗯，差異真大啊，大到除了天然黑之外，大概不會有其他人想到了。」

「嘿嘿，謝謝稱讚，畢竟我一直都在看著雪見學姐啊，這點小事還是能察覺的。」

「不，風花不是在稱讚妳……」

雖然我聽不到她們在說什麼，但是不知為何短短幾句話，風花就露出了不敢恭維的眼神。

「不管怎麼想，我都覺得風花剛剛的表演實在太奇怪了。」

我舉起手，強烈表達我的主張。

「我要求更換演出者！」
「就算小雪這麼要求，現場除了風花外，也沒有其他人會演戲了啊。」
「妳的眼前不是就有一個嗎？」
「難道妳是說——」
「沒錯！就是我！」
我用大姆指指向自己說道：
「若是我的話，一定能完美演出『雪見』平常的樣子！」
「廢話！因為妳就是本人啊！」
「人類存活在世，都是在扮演一個彷彿自己的存在，從沒有人能真正做自己。」
「別用漂亮的大道理遮掩自己從根本顛覆演戲定義的提案！」
「不然讓小空來演。」
「咦？我？」
突然被點名的空發出驚訝的聲音。
「沒錯！就是妳！」
我逼近空，以認真無比的語氣說道：
「和我認識這麼久的妳，一定能完美演出我的樣子。」
「等一下！雪見學姐！太近了！妳太近了！」
空用手擋住我幾乎要貼到她臉上的臉龐。
「要是妳沒演出我那美麗動人楚楚可憐冰清玉潔閉月羞花沉魚落雁的樣子，那就表示妳和我之間的友誼也不過如此而已。」

「這說詞根本是若無其事地給我施加壓力吧？」

「妳誤會了，我只是想確認我們之間……是不是真正的朋友而已。」

「妳還說不是給我壓力！」

「嘻嘻，發展似乎變得有趣了。」

風花露出微笑說道：

「與其說這是演戲，不如說是審判——審判空和雪見兩人之間的友情是否真實。」

「不過是演個戲而已，為何非得演變成這麼嚴重的事態！」

「不嚴重啊，若是我看了覺得不滿意——頂多絕交而已。」

「雪見學姐，妳那種不經意施加壓力的做法可不可以停止了?妳是多希望我演出妳美好的一面？」

「那麼，事不宜遲。」

風花戴上墨鏡，坐在椅子上，宛如導演一般說道：

「就讓我們馬上舉辦『空演出雪見』的小劇場吧。」

「……我就沒有拒絕的權力嗎？」

「可以啊，若妳覺得妳和小雪根本不是朋友的話。」

「原來，小空妳一直是這麼看我的……」

「啊啊——真是夠了！」

在我和風花的威脅下，空半推半就被逼得上陣了。

★

「現在開始進行『空小劇場：雪見模仿秀』！」

風花手拿著紙捲起來的紙筒，拍了一下椅子的扶手。

但即使已經開演了，空依然一點動作都沒有。

她皺著眉站在我和風花面前，似乎有些傷腦筋。

「說到底，我的專長是唱歌啊……對演戲根本一竅不通，到底該怎麼辦好？」

「其實我覺得演出我應該沒那麼難。」

我裝作不經意地說道：

「妳就從我眾多的優點中，隨便挑一個演就好了。」

「優點？」

「是啊，若是覺得我高雅，就演出大小姐的樣子；若是覺得我聰明，就演出我聰穎的一面。不覺得很簡單嗎？」

我繼續以言語操弄，想辦法製造對自己有利的結果。

「雪見雪姐的優點……是嗎？」

空抱起雙臂，陷入沉思。

一分鐘過去。

空發出了痛苦的呻吟聲。

五分鐘過去。

空抱住了頭，面容扭曲。

十分鐘過去。

空的額頭布滿了冷汗，因為過度換氣而呼吸紊亂。

曲。

三十分鐘過去。

因為腦袋運轉到了極限，空的腦袋散發出了遠超過人體的高溫，讓周圍的空氣為之扭曲。

從緊咬的牙關中，空勉強無比地擠出了一絲聲音。

「雪見學姐的優點……應該、應該是……」

「身體……好像很健康。」

「哈哈，小空妳真愛說笑，除了健康之外，應該還有別的優點可以說吧？」

「其他的、其他的優點──」

宛如被捅了一刀，空再度發出痛苦的呻吟說道：

「那應該是、應該是四肢健全，沒有缺手斷腳……」

「難道除了理所當然的人體外觀外，我就沒有其他更深層的優點了嗎？」

「內臟齊全？」

「不是物理上的深層，我指的是內在和修養方面。」

「唔！內、內在和修養……」

空抱著頭，就像被割倒的雜草一般撲通跪倒在地！

「小空！妳怎麼了！」

「我、我不行了……」

「什麼不行？」

「不管怎麼努力想要抓取答案，眼前依舊一無所有……」

空抬起頭來，雙眼一片漆黑。

「嗚啊！」

我嚇得退了一步。

不管是誰，都可以從空的雙眼中感受到一股再明顯不過的氣息。

——那就是絕望。

「Cut！」

風花再度揮下手中的紙捲！

「很好，演得非常棒！連風花都自嘆不如！」

「咦？」

我驚愕地說道：

「小空根本還沒開始演吧。」

「不不，她不是完美地演出了『絕望』的感覺嗎？」

「那又如何？今天的主題不是『雪見』嗎？」

「雪見這個人就是絕望。」

「……」

「不管怎麼努力掙扎，都無法改變既定的絕望結果，天然黑完美地把小雪的本質呈現出來了。」

風花「嘿咻」一聲從椅子上跳下來，走到我面前說道：

「恭喜妳，妳的學妹真的很瞭解妳。」

「嗯……喔……」

「妳們毫無疑問是朋友，感情這麼好，風花在旁看了也很羨慕呢。」

奇怪，明明應證了我和空的友情，不知為何卻一點開心的感覺都沒有。

不如說……

「嗚——」

不如說我挺想哭的。

「嗚嗚——」

趴倒在地上，悲傷無比的我開始落淚。

另一方面，空也抱頭蹲在地上，深陷沒有終點的苦思中。

奇怪，不過是演個戲，為什麼會變成這種宛如地獄般的情景？

「嘻……」

此時，一聲輕笑從我上方傳來。

我猛然抬起頭，發現風花雙手托著臉頰，露出了燦爛無比的笑容。

「這樣，就算向那個天然黑報仇了。」

「原來一切都在妳的計算之中……」

風花是為了回報空剛剛質疑她演技的那筆帳。

外表看起來一副無害的樣子，實際上比誰都還老謀深算。

「現在把風花趕出『夢想藍圖』還來得及。」

風花在我耳邊，宛如呢喃一般說道：

「要不然，這個社團說不定會被風花玩壞喔。」

面對她那小惡魔的笑容——

我忍不住露出了欽佩的表情。

「真不愧是ＩＱ一百七十的天才，被譽為『風之妖精』的存在。」

我心滿意足地說道：

「既然知道妳是這麼厲害的人，那我怎麼可能還會放妳走呢。」

「……風花都這樣嚇唬妳了，妳還是一點動搖都沒有啊。」

風花雙手支在下巴處，微微嘆了一口氣。

「真是的，讓人受不了的傢伙……」

雖然話語中充滿了無奈，但不知道風花自己有沒有察覺——

與她的話相反，她的臉上露出了似乎有點開心的笑容。

就像是很開心我能讓她這麼傷腦筋似的。

第七章
風花雪月之三

隔天，我和空刻意在風花離開後，一起重回「夢想藍圖」的社辦。

之所以這樣做，是因為接下來的對話，不能讓風花聽到。

「風月。」

空拿著一本筆記本，跟我說了我拜託她調查的事情。

「此人身高一百六十公分，身材雖沒有特別突出，但是很有女孩子的感覺，一頭俐落短髮完美體現了校規規定的長度，目前就讀一年C班，和我同班。」

我看了看空手機中拍到的照片，對「風月」這名女孩子下了初步的評論。

「該怎麼說呢……感覺是個很認真的女孩子。」

「正如雪見學姐所說。」

空指著手機上的風月補充說道：

「風月成績優秀、運動萬能、人緣極佳，才一年級而已，就有無數社團邀約，還有人叫她角逐學生會選舉，成為學生會長，可以說是學校的風雲人物。」

「我明白了。」

我將雙手交疊在下巴處，以看穿一切的眼神說道：

「總結小空剛剛所說的，很明顯風月這個人——」

「就是個該死的混蛋。」

「……」

「這麼無瑕的存在，這個世間不可能有，我初步研判這人應該是會在背地裡虐殺小動物的類型。」

「雪見學姐……」

空露出不敢恭維的神情。

「若只是殘害可愛的動物也就算了，但既然現充到這地步，我認為她私底下應該是個無惡不作的傢伙，就算殺了幾個人也不足為奇。」

「即使是奉學姐為神的我，聽到這樣的話好感度也是會下降的喔。」

「不不不，我說這話可是有依據的，不是有一句話是這麼說的嗎？『完美的人之所以被人認為完美，是因為沒人看穿他其實有多麼混帳。』」

「這句名言一定又是——」

「沒錯，出自偉大的雪見。」

「嗯，果然不出我所料，某方面我還真是佩服學姐可以說出一堆自創的名言。」

「畢竟我也只剩下說出一些煞有其事的話來糊弄別人這個優點了。」

「咦？這算是優點嗎？」

「小空，妳可能以為我在危言聳聽，但這種表面上看起來十全十美的人，私底下極有可能隱藏著不得了的真面目。」

「學姐這種說法，有任何根據嗎？」

「人類基本上都是無可救藥的存在，甚至可以說打從根本就爛掉了。」

「……」

「之所以會有個體差異，單純就是看誰比較會裝，包裝好的看起來就漂亮點，包裝差的看起來就很悲慘。」

「這憤世嫉俗到極點的言論是怎麼回事？」

「風月顯然就是善於隱藏自己的類型，至於我呢，則是因為過於笨拙無法偽裝，所以看起來才那麼爛。」

「前半段姑且不論，後面還真是有說服力啊。」

「這一切都是我的錯，我為我的真誠、不懂偽裝、表裡如一、樸實無華、剛毅木訥道歉。」

「這道歉聽起來怎麼這麼像自賣自誇？」

「不過……」

我看向緊閉的社辦門扉。

「不管風月是怎樣的人，我們馬上就會知曉了。」

「沒錯，遵照學姐吩咐，我已經寫了封信，約她在放學後前來『夢想藍圖』的社辦。」

「很好，小空。」

我抱著雙臂，擺出一副了不起的模樣說道：

「待會兒風月過來，妳就負責說話、交流、問答、和她互動等工作，我就在這邊看著妳，若是不想要我在陌生人面前哭出來，妳的視線和話題就絕對不要帶到我身上，明白嗎？」

「學姐妳要不要乾脆回家算了？」

「那可不行，好歹我也是『夢想藍圖』的社長，就算會製造困擾，我也有義務在這邊刷存在感。應該說若是不這麼做，我不知道什麼時候會被妳們拋棄，不如說其實我挺怕那種事發生的，所以就算我再麻煩也拜託不要把我趕走，算我求求妳們了。」

隨著我說的話，我的頭越來越低，手也抓住了空的衣服。

空露出燦爛的笑容說道：

「放心吧，學姐，我應該算是滿有同情心的人，不會輕易拋棄妳的。」

「嗯……？這回答是不是有點微妙啊？」

「學姐想太多了。」

「不過我一直有點擔心一件事。」

我看著社辦的門，不安地說道：

「風月真的會來嗎？」

「嗯？據我了解，她是個一板一眼的人，既然約定好了，就一定會到吧？」

「但是，之前每次我跟人做了約定，他們最後都會悔約不來。」

「咦？為什麼？」

「『總覺得獨處壓力很大』、『要是偷跑，我一定會被其他人殺死』、『我怕忍不住跪在妳面前』、『嗚啊啊啊啊啊我什麼都沒有要做，雪見女神請容我取消約定，這樣可以了吧！可以放開我的手指了吧！』──通常我會收到這些理由。」

「最後那個是發生什麼事了？」

「我可以理解大家都很討厭我，但我總是會抱持著一絲希望，他們只是在開玩笑或是傳錯訊息，所以，我會站在約定地點，不斷等待、等待、等待，但不管怎麼等，依舊一個人都沒來。」

「……這是什麼沉重到不行的故事。」

「就在某天我決定了，要是有人跟我定下約定後前來赴約，我就──」

「學姐就？」

「就以身相許。」

「為什麼！」

「他都紆尊降貴來見我了，想必一定是個了不起的人吧？那我就算把自己的全部獻出去也是應該的。」

「……學姐，請妳跟我約好，絕對不要去牛郎店或是公關店之類的地方。」

「我不太清楚那是什麼樣的地方，為什麼我不能去？」

「感覺妳就是會供養男人，為了讓他們來見自己而不惜任何代價，最後甚至把自身弄到傾家蕩產的類型。」

「哇——」

我雙手合掌，開心地說道：

「只要花錢，他就會願意來見我嗎？這種有如天國的場所真的存在嗎？」

「……」

「要付多少錢他才會稱讚我好可愛？不對，這要求也太強人所難了，一開始要求應該降低一點，嗯——」

我沉吟一會兒後，眼中閃出認真的光芒說道：

「要付多少代價他才會對我露出微笑？」

「不行，這樣下去學姐的人生一定會毀掉的。」

空抱著頭，像是很煩惱的樣子。

「我必須想個法子……必須想個好方法挽救學姐的未來。」

「嗯?我不需要挽救啊。若真的想要人對我露出微笑,我會去便利商店和麥當勞之類的地方,把一百元的東西分十次買,這樣就可以得到十次微笑了。」

「學姐或許確實不需要拯救,因為已經無可救藥了——不對,我不能這麼輕易就放棄。」

空按住我的雙肩,以認真無比的表情說道:

「聽好囉,雪見學姐,跟人約好後赴約是很理所當然的事,妳根本不需要為此而感動。」

「也就是說,一旦約定對象是我,大家連這麼理所當然的事都做不到嗎……」

「不是這意思!不要這麼快就再陷入消沉,妳這傢伙到底是有多麻煩!」

空指著社辦的門說道:

「要不然這樣好了,風月若是今天過來,就表示我說的是對的。」

「那萬一她沒來?」

「……」

被我這麼一問,空啞口無言。

「如果她沒來,是不是就表示我在這世上是不被需要的存在?」

「也不是那樣……」

「好,我明白了。」

我用足以媲美風花的漂亮姿態正坐起來,拿出一生僅此一次的氣勢面對門口。

「風月若是來,就表示小空說的話是對的;若是她沒來——」

「就表示我是個不被任何人所愛的傢伙。」

「為什麼會變成這樣！」

「雪見這個人的人生是生是死，就看社辦的門是開還是不開了。」

「本來不是一個普通的邀約嗎？為什麼突然變成足以決定學姐一生的事態！」

「我只是把我的存在價值，賭在素未謀面的風月身上而已。」

「乍聽之下這臺詞還真有點帥！但學姐妳冷靜點，妳難道都不覺得這兩者重要性差太多了嗎？」

「不，雖然從未詳聊，但也不能說風月對我來說一點都不重要。」

我推了推眼鏡，認真說道：

「我注意她很久了，甚至可以說這陣子腦中都是她。」

聽到我這麼說，空先是露出彷彿後腦被重擊一下的表情，接著她搖了搖頭，以一副「應該是我聽錯了」的表情問道：

「學姐，剛我沒聽清楚，妳是說……」

「風月、對我來說、是再重要也不過的存在。」

我一字一頓地把我剛剛的話說清楚。

「……我的耳朵果然是正常的。」

「要是能的話，真想知道風月的一切……」

聽到我這麼說，空嘴巴微張，但深陷思緒的我並沒有發覺。

從之前和風花的談天中，我可以確定她是為了與妹妹相見，所以才就讀同一間學校，並不斷留級。

而據我的調查，風月就是風花的妹妹。

但是，我也不敢百分之百確定就是如此。

因為若真是如此，為何風花不去和風月相認？風月又為何沒主動和風花見面？

她們雙方的互動充滿了不可解的謎團。

若是可以的話，私心希望她們姐妹能相認。

但我不過是個外人，這樣繼續深入他人的家務事……真的好嗎？

「雪見學姐……」

空不知為何以因為緊張而上揚的聲音，怯生生地問道：

「我問妳喔，妳該不會對風月她——」

「嗯啊。」

「就是妳想的那樣沒錯。」

專心思考的我隨口回應。

「！」

空的身體一晃，要不是手扶著社辦的牆，她可能連勉強維持站立的姿勢都做不到。

「若是我直接跟風月說清楚——」

我一邊搖頭一邊喃喃自語道：

「不行，她又不一定會接受我的心意。」

「……」

「但是，真的好想知道她是怎麼想的，果然還是該主動點嗎？」

「……」

「若是能跟風月成為真正的家人，不知道會是多麼幸福的一件事呢。」

「……學姐。」

「嗯？」

回過神來的我，眼前出現的是空淚眼汪汪的神情。

「小空，妳怎麼哭了？」

「我問妳喔，男生跟女生，妳比較喜歡哪個？」

「真要說的話……女生吧？」

也不是說對男生沒有興趣，但對有社交障礙的我來說，男生的難度太高了。

「那妳比較喜歡年紀大的女生還是年紀小的？」

「為何突然問我這種彷彿心理測驗的問題？」

「當然是因為這很重要啊！」

空逼近到我前方，眼中燃燒著認真無比的光芒。

「喔、喔……」

被她的氣勢壓迫，我不由自主地回答。

「嗯……大概是年紀小的。別看我這麼沒用，其實我很喜歡照顧人的感覺。」

「具體來說，喜歡多小的！」

「呃……」

我看了一眼眼前的空，我十八歲，而她十六歲……

「我、我覺得差兩歲剛剛好。」

「……」
彷彿遭受什麼重大的打擊，空臉上的血色唰地消失。
她搖搖晃晃地往社辦門外走去。
「等一下！小空，妳要去哪兒啊？」
「我這個局外人，還是早早消失比較好。」
「妳在說什麼？」
「妳知道嗎？學姐……」
以一副強忍心痛的表情，空緩緩說道：
「風月恰好就是十六歲……」
「……」
「所以，妳會喜歡差兩歲的她，一點都不奇怪。」
空瘋了嗎？說得好像只要是十六歲的女孩子我就會愛上似的。
砰！
失了魂的空一頭撞上社辦的門。
「那個……小空，妳還好嗎？」
我本要上前關心，但空豎起手掌阻止了我。
「學姐。」
她手摀著撞紅的額頭，露出悲傷無比的笑容說道：
「祝妳和風月幸福。」
「……」

「再見了。」

在完全無法做出反應的我面前，空掩上了門，拋下我一個人在社辦中。

面對這事態，我唯一的感想是——

「……搞什麼啊？」

★

「好，逃走吧。」

因為空的舉動太過莫名其妙，讓我過了一段時間後才反應過來，我現在究竟處於多麼危險的狀況中。

離和風月約定的時間只差十分鐘，她現在隨時可能來到此處。

我環顧四周，夢想藍圖的社辦中目前只有我一人。

若是風月真的到來——

「那就是密室加獨處……」

——嗚。

不行，光是想像就緊張得想吐了。

「還是快逃吧。」

就在我想要拔腿就溜時——

叩叩。

「夢想藍圖」的門被敲響。

一股惡寒竄上我的背，要不是反射性地用手摀住嘴，我差點就要尖叫出來了。

「怎麼辦……」

怎麼辦怎麼辦怎麼辦怎麼辦怎麼辦怎麼辦怎麼辦怎麼辦怎麼辦！

慌張無比的我再度環顧整間社辦。

窗戶！

不行，這邊是三樓。

整個社辦只有一個出入口。

也就是說……我已無路可逃。

「對了，古有云：『在被敵人幹掉前，先把他幹掉就好！』」

我抓起榻榻米上的貓咪座墊（所有人：空），坦白說我也不知道我想做什麼，但抓個東西在手中，讓我有了自己變強大的錯覺和安心感。

可能是一直沒有人應門的關係，敲門聲很快地停了下來。

喀嚓。

在我因為緊張而放大的瞳孔中，門把開始轉動。

「來吧……風月。」

命運時刻即將來臨，我將貓咪座墊高高舉起。

「看我用座墊打死妳——」

「請問約我來這邊的雪見學姐在嗎？」

「對不起是我不對我其實根本沒有要做什麼拜託饒了我吧！」

在門打開的瞬間！我四肢著地趴在地上！用貓咪座墊蓋住自己的頭！

「……」

我那脫於常軌的反應造就了一股難堪的沉默。

但真該說不愧是完美超人嗎？要是一般人早就動搖到無法說話或是轉身逃跑了，但風月在思索一會兒後，還是露出微笑，以謙和有禮的態度說道：

「那個……雪見學姐嗎？」

「是是是是是是是是。」

「雖然我不知道妳為什麼要趴在地上瑟瑟發抖，但可以的話，還是請妳起身吧，要不然我也要跟著跪下去囉。」

她伸手到我腋下，將我輕輕扶了起來。

「感、感感感謝、謝謝謝謝……」

腦袋思考能力大幅降低的我，一邊顫抖一邊坐到了椅子上。

「學姐，妳仔細看好喔。」

她蹲在我面前，如絲綢般的雙手溫柔地撫到了我的臉頰上。

順著她手施加的輕輕力道，我被半強迫地與她四目相對，彼此的臉極為靠近，近到甚至能感受到彼此的呼吸。

「我不恐怖的喔～」

風月對我露出和善的微笑。

「所以，不要害怕～」

刻意放慢的語氣有些像是在哄小孩子，但我確實因她的話而冷靜了下來。

好像……不太對？

雖然自己這麼說很怪，但我對我的怕生可是具有無比的信心。

輕則哭出來，重則當場暈倒。

面對陌生人，我哪有可能這麼快就恢復冷靜？之所以會如此，其中必定有別的因素。

看著風月姣好的五官，一股熟悉感從我心中冒起。

略帶英氣的眼角、俏麗的短髮、薄薄的嘴唇……

總覺得以前看過這個人？

「我一直好想見雪見學姐一面呢。」

風月修長的手指抵住柔軟的嘴唇，露出別有深意的笑容說道：

「從入校後，我就一直在看著學姐，直到現在這麼近距離地接觸後，我才肯定了自己的想法。」

風月將雙手緩緩伸到我頸後，五指虛扣起來，像是要把我的頭拉到她懷中。

——這種表面上看起來十全十美的人，私底下極有可能隱藏著不得了的真面目。

不知為何，我的腦中響起了自己剛剛所說過的話。

「風、風月，妳太近了……」

「才不會呢。」

風月如蘭般的吐息吹在我的臉上。

「妳都不知道，這十多年來，我有多麼思念妳。」

看著風月那因為激動而微微泛紅的臉頰，我的心中響起了紅色的警報。

要是再繼續這樣下去，我感覺自己就要喪失某種重要的東西了。

雖然我不知道那重要的東西具體是什麼，但至少我知道再這樣下去會很不妙。

就在我思考要不要推開風月逃走時——

「妳還沒想起我是誰嗎？」

這瞬間，從風月嘴中吐出的三個字，停止了我的行動。

「霜姐姐。」

霜姐姐？

彷彿被鑰匙轉開了一直鎖著的門，無數記憶湧入我的腦中。

記得很久很久以前，有一個人——應該說這輩子只有一個人曾經這麼稱呼我。

「等一下，妳該不會是、該不會是——」

這可能嗎？

原來我一直都誤會了？這十多年來都誤會了？

「好開心喔，看來霜姐姐終於想起我了。」

風月將我擁入懷中。

「我就是因為幼稚園搬家，就此和妳分開的——」

「『前男友』喔。」

第八章
山盟海誓

「霜姐姐，我喜番妳。」

幼稚園時，我被一個「男生」告白了。

那時的「他」有著像男生一樣的短短頭髮，穿的衣服也很寬大。

因為名字叫作風月，而且又是知名大企業「嵐」的繼承人，所以我一直認為「他」是個男孩子。

「霜姐姐，妳可以跟我佼往嗎？」

因為年紀還小，他說話還有些口齒不清。

「我真的很喜番妳，臥想一直～一直待在妳身邊。」

就像風月說的，那時的他不管吃飯、午睡、玩耍都一直緊緊跟在我的身後，寸步不離。

他說我雖然外表冷冰冰的，但其實很溫柔，於是都喚我叫「霜姐姐」。

「謝謝你的心意，霜姐姐很開心喔。」

看著他閃閃發亮而且充滿仰慕的眼神，我拍了拍他的頭，露出溫柔的微笑說道：

「能跟你交往是我的榮幸，我願意接受你的告白。」

「太好了，那我們這樣就算佼往了嗎？」

「是啊。」

「那霜姐姐是我女朋友了嗎？」

「是啊。」

「那霜姐姐是我的所有物了嗎？」

「是、是這樣嗎？」

本來我想隨口回應。

但心中突然冒出的危機感讓我踩了煞車，總覺得好像不能輕易地答應這個問題。

風月小小的身子湊到我身前，仰頭問道：

「霜姐姐，妳是否願意發施呢？」

「發施？喔喔……是發誓啊。」

「是啊，霜姐姐是否發施——」

風月抓著我的衣服，一臉天真無邪地問道：

「妳是否發施這一輩子，不論貧窮還是生病都對我不離不棄呢？」

「……」

「妳是否發施不論遇到怎樣的困境，都對我永遠忠誠呢？」

明明風月某些詞句連發音都發不好，這幾句臺詞卻像說過許多次一般流暢無比。

被他身上散發的謎之氣息逼迫，我默默地往後退了一步，但是風月抓著我衣服的手並沒放開。

「既然霜姐姐是我的女朋友，請妳在這張神聖的紙上簽名。」

風月從懷中拿出一張紙，我雖然看不懂那上頭寫什麼，但整齊排列的印刷字體感覺異常正式，讓我看得有些頭暈目眩。

基於自我保護本能，我按住他的雙肩說道：

「風月，你聽好——」

「我們分手吧。」

「咦咦！」

風月露出大受打擊的模樣。

「為、為什麼這麼突然……」

「我也沒料到會這麼突然。」

我們大概交往了五秒吧。

「霜姐姐……」

抓住我衣服的風月淚眼汪汪說道：

「是風月做錯了什麼嗎？」

「不，也不是這樣……」

「不管霜姐姐討厭我哪裡，只要說一聲，風月都會改的。」

風月低下頭，原本中性且帶著英氣的臉龐因為悲傷而扭曲。

「所以、所以拜託妳……不要和風月分手好嗎？」

心揪了起來。

看著風月難受的模樣，我差點就要因為心軟而點頭。

但當眼角餘光瞄到他手中那張疑似合約的紙時，我反悔的欲望就消失了。

為了安撫他，我還是開口如此說道：

「聽好囉，小風。」

「嗯？」

「我不跟你交往，是為了你好。」

「為什麼……？」

雖然我自己也不是很明白那是什麼意思，但我還是把最近從電視上看到的臺詞說了出來。

「我不想成為束縛你的女人。」

「嗯？」

「你是個很優秀的人，未來有著無限的可能性。」

就像舞臺上的女演員，我看著遠方，就像歌頌什麼似地平舉手臂說道：

「你是『嵐』重要的繼承人，要是這麼早就和我交往，想必會因為幸福感而耽誤磨練自己的機會吧，我不想成為你光鮮未來的絆腳石。」

「霜姐姐……」

風月收起了眼淚，取而代之的，他看著我的眼神充滿了敬仰之意。

「沒想到妳竟是如此替我著想……」

「等到哪天你成為優秀的人後，再回來見我吧。」

「嗯！」

眼中還帶著些許淚光的風月用力點了點頭，朝我伸出了小指頭。

「我必定會奴力、奴力打磨自己的，霜姐姐要等我喔！」

「好。」

我也勾住了他的小指頭。

「等到我成為完美又閃耀的大人，我會再回來找妳的。」

風月露出大大的笑容說道：

「約定好了喔。」

★

時間回到現在。

「夢想藍圖」社辦中，風月步步進逼，我則不斷後退。

「若是待在霜姐姐身邊，我想我一定會忍不住鬆懈，所以就在我的要求下，我在隔天搬了家，與霜姐姐就此分開。」

我的背後一片冰冷。

此時我才發現，我已退到了牆邊，再也無路可退。

「霜姐姐，這十多年來，我沒有一刻忘記磨練自己，或許在妳眼中仍有不足，但我自認我已成為多數人眼中完美的存在。」

「哪有不足……妳已閃耀到連我都無法直視了。」

「真的嗎？好開心。」

風月輕輕一笑，露出整齊好看的牙齒。

我作夢都沒想到，風月之所以如此完美，原因竟是出在我身上。

「霜姐姐，依照過往的約定——」

以俗稱「壁咚」的方式將我壓在牆邊，風月說道：

「我努力成為一個優秀的人了。」

「嗯、喔……」

我將臉別過一邊，發出了連我自己都訝異的軟弱聲音。

「今天妳特地叫我來，想必是希望我加入『夢想藍圖』吧？」

「該怎麼說呢……」

雖然知道並不是這麼回事，但我沒有肯定也沒有否定。

明明風月的身高比我矮，但在她的逼近下，主動權完全落在了她手中。

我的腦袋就像融化一般打結在一起，別說反抗了，我甚至連風月的臉都無法直視。

「可是、可是……」

我雙手食指互點，以細微的聲音說道：

「『夢想藍圖』是實現夢想的地方，妳是『嵐』的繼承人，不管是怎樣的夢想，想必都唾手可得，隨隨便便都能實現——」

「霜姐姐這麼說就不對了，我的夢想豈是如此簡單就能完成的事。」

「咦……？」

「嵐」是個極大型的家族企業，財力十分雄厚。

若是這樣的家族力量都無法實現風月的夢想，那她的夢想規模究竟有多大？

「妳的夢想該不會是征服世界之類的吧？」

「哈哈哈，怎麼可能。」

風月以爽朗的笑容搖了搖手說道：

「不過，說不定難度確實可以媲美征服世界喔。」

「天啊……妳的夢想究竟是什麼？」

「聽好囉，霜姐姐。」

露出不管是男生還是女生都足以著迷的笑容，風月說道：

「我的夢想——」

「就是當霜姐姐的新娘。」

在聽到風月答案的瞬間，我的意識就像斷線一般消失了。

過了不知多久後，我才回過神來。

「等、等一下……妳剛剛說什麼？」

「我的夢想，就是能當霜姐姐的新娘。」

風月再重復了一次，讓我知道我並沒有聽錯。

「可是、可是我們都是女孩子啊……」

「那重要嗎？」

用手撥了撥頭髮，風月露出帥氣的笑容說道：

「所謂的夢想，不就是把不可能的事變成可能嗎？」

在因為驚訝而啞口無言的我面前，風月就像早已決定好似地不斷說道：

「如果周遭的人有意見，那就想辦法讓他們閉嘴。」

「如果家人否定我的願望，那就想辦法讓他們知道我有多認真。」

「如果霜姐姐無法接受我的心意，那我就傾盡一切努力讓妳愛上我。」

「這十年所付出的一切，都是為了達成約定後回來見妳。」

風月雙手拉住裙襬，單腳向後微微一蹲，向我行了一個漂亮的禮說道：

「我回來了，霜姐姐——」

「為了達成約定、完成夢想、成為妳的新娘而回來了。」

在和風月相認後的隔天。

「妳好，我是今天加入『夢想藍圖』的風月。」

風月雙手交握在前方，向空行了一個標準的禮。

「空同學，雖然妳比我早入社，但是──」

風月露出爽朗的笑容說道：

「從今天起，我就和妳一樣囉。」

「……」

空一言不發，不知為何我覺得她的瞳孔似乎比平常還要暗一點。

空和風月同班，理當認識彼此，不知為何風月還要特地向空問好，而空也不知為何完全不回應她。

看著微笑互望的空和風月，不知為何我的胃開始翻滾。

「……胃好痛。」

「風花，妳快來啊……」

我看著緊閉的社辦門口，暗中祈禱。

風花有傳訊跟我說今天會晚點到社辦，因為不知道現在她和風月見面會如何，坦白說我一開始還為她的晚來感到慶幸。

但是，現在我只希望她能快點來。

與其擔心她和風月見面會不會爆炸，我還不如先擔心空和風月兩人見面，我的胃會不會爆炸吧。

「手……」

以低沉到了極點的聲音，空咕噥了一句。

「手？」

「為什麼……風月同學挽著雪見學姐的手呢？」

「嗯？喔喔！真的耶！」

我趕緊將手從風月的環抱中抽開。

「太緊張了，我竟然連手被挽住都沒感覺——」

「學姐為何要緊張呢？」

空逼近到我面前，以漆黑的雙眼看著我問道：

「要是沒做什麼虧心事？根本就不需要緊張吧？」

「妳說得是！我一點都不緊張！不如說我這輩子身體沒那麼輕鬆過！」

為了掩飾我被冷汗浸濕的後背，我開始做起柔軟體操來。

「霜姐姐，需要我幫忙嗎？」

風月柔軟的手按上我的雙肩，輕輕揉了起來。

「等一下！妳別這樣，狀況會越來越嚴重的！嗯……不過按得不錯，好舒服——」

「謝謝霜姐姐誇獎，我可是有專業按摩執照喔。」

「妳也太完美了吧，竟然連這種執照都有。嗯～好舒服，麻煩再左邊一點——」

「雪見學姐？」

「咿——對不起！我不該沉浸在風月賜予的舒暢中，真的很抱歉！」

我跪下了。

人類就是有智慧才稱得上是偉大的物種。

面對空那絕對零度的聲音，要是連跪下的判斷都無法瞬間做出來，那我還算是個人嗎？

「雪見學姐，妳不要緊張，我沒有生氣。」

空走到我身前，動作溫柔地將我扶起來。

「喔喔……小空，妳果然如我所想，是個很好的孩子。」

她的笑容看起來跟平常一樣，是我以小人之心度君子之腹了嗎？

「雖然風花學姐還沒到，但我們還是先開始『夢想藍圖』今天的議題吧？也能順道讓風月同學瞭解我們社團是怎麼運作的。」

「嗯嗯！今天我們要討論什麼呢？」

「這個嘛……」

空合起雙掌擺在臉頰旁，以燦爛無比的笑容說道：

「那我們今天的主題就來討論——」

「**要用怎樣的方法，才能防止他人出軌或是外遇呢？**」

——撲通。

我一言不發，再度以光速回到四肢著地的姿勢。

「學姐怎麼了？為什麼又跪下去了？」

「我、我我我也不知道我為什麼要這麼做……」

這真的是實話。

仔細想想，我真的什麼都沒做啊！

為何我非得這麼擔心受怕不可！

「學姐不要想太多，妳看嘛，若是真的出道進了演藝圈，各式各樣的誘惑不是很多嗎？討論出軌的議題，只是預防萬一而已。」

「是、是這樣嗎？」

「是這樣啊，套一句雪見學姐常說的名言：『每個人都想出軌，之所以現在沒有外遇，只不過是他沒有那個條件罷了。』」

「這名言……」

還真有點像我會說的話。

「霜姐姐，妳何必這麼委屈自己呢？」

風月的聲音突然從我身後響起。

「咦、哇啊——」

一股巧勁從我腋下升起，我不由得站起身來。

整個過程自然無比，就像是我自己原本就想站起來似的。

「看妳這樣跪著，我都心疼了。」

「咦……」

心疼？

心疼我這種人？

「當然啊。」

風月以一副理所當然的樣子說道：

「女孩子除了該儀態端正、氣質高雅外，也是應該好好被疼惜的存在。」

風月蹲下來，輕輕拍著我被弄髒的裙子和膝蓋。

「霜姐姐這麼漂亮的人，跪在地上多可惜。」

「！」

我手摀著嘴，一句話都說不出來。

要不是強制壓抑，我差點就要因為風月的話而感動得哭出來。

竟然有人說我漂亮，而且還這麼珍惜我——

「等一下等一下等一下等一下！」

空一邊大叫一邊插到了我和風月中間，分開我們。

「給我等一下！」

「空同學，怎麼了嗎？」

「我從一開始就想問了，妳到底是什麼人？」

「嗯？妳的同班同學？」

「我不是問這個，妳、妳到底是雪見學姐的什麼人？」

就像是為了宣誓主權一般，空一把將我拉到她身後。

「我是……霜姐姐的什麼人？」

風月伸出細長的手指，抵著嘴唇想了一下。

「嗯……不如直接問霜姐姐吧？」

風月彎下腰，讓視線越過擋在我前方的空。

和我四目相接後，風月以燦爛的微笑問道：

「霜姐姐，我是妳的什麼人呢？」

「咦……？」

我第一時間想要躲到空的身後逃避，但風月就像是看穿了此事一般，繞到另一個方向，不讓我脫離她的視線。

「霜姐姐，請告訴我，我是妳的什麼人呢？」

就像是絕對不讓我逃開一樣，風月再次問了同樣的問題。

只見她笑臉盈盈，似乎很期待的樣子。

「小空——」

我轉過頭去，想要尋求空的幫助。

「雪見學姐，風月同學究竟是妳的什麼人呢？」

空背叛了。

本來視為伙伴的她，不知何時跟風月結盟，一同向我進逼。

「嗚……」

冷汗很快地就滿布額頭。

說到底，風月到底是我的什麼人？

我們分開了許久，直到昨天才相逢，所以、所以——

「咦？」

我突然發現。

「其實，我跟風月根本就不熟吧。」

聽到我這麼說，風月的笑容僵住了。

她輕咬下嘴唇，露出了委屈的神情。

本來像是男孩子的凜然氣息消散，她手不安地捏著裙襬，以完全不像她的軟弱聲音說道：

「原來，我自以為跟霜姐姐感情很好，都是錯覺啊……」

「不不不，那不是錯覺！」

看著她楚楚可憐的模樣，我慌亂地解釋！

「我們感情很好，真的很好！」

「喔～學姐和風月同學，果、然、感、情、深、厚、呢！」

「不！並不是像小空妳想的那樣，我們也沒好成那樣——」

「果然，霜姐姐並不喜歡我……」

「妳們現在到底是要我怎麼辦！」

喜歡也不是、不喜歡也有問題。

左有燦爛微笑的小空，右有泫然欲泣的風月。

我算是親身體驗何為進退兩難了。

「真是的，我竟讓霜姐姐困擾了，這可不行啊。」

看到我慌張的樣子，風月搖了搖頭，就像想把自己的怯懦甩掉。

回過神後的她，變回原本英氣煥發的模樣擋在我面前，手撫著胸道：

「我跟霜姐姐是什麼關係，就由我來說明吧。」

「好，放馬過來吧。」

空深呼吸幾口氣，像是做好心理準備說道：

「不管是怎樣驚人的關係，我都會盡力接受的——」

「我是霜姐姐的前男友。」

「請妳不要開玩笑了。」

一秒否認。

空拒絕接受的反應堪比光速。

妳剛說的話都是假的嗎？

「空同學。」

風月手撫著胸口，以再認真不過的語氣說道：

「我以『嵐』繼承人的身分發誓，我不是開玩笑，是認真的。」

「……啊？」

完全不能理解的空就像當機般站在原地。

過了一會兒後，她問向風月：

「風月同學，那個，雖然很冒昧，但請問妳的性別是——」

「我是女孩子喔。」

「……也就是說，妳雖然是女孩子，卻是雪見學姐的『前男友』？」

「是的。」

我和風月同時點頭回應。

「……」

空再度當機。

過了一會兒後，她按著頭問道：

「我想，我必須先詢問一個問題。」

可能是覺得自己問這個問題很蠢吧，空以略帶空洞的眼神問我道：

「到底『前男友』的定義是什麼？」

「無法再度提供金錢的沒用東西？」

「不是這種殘忍到不行的定義！我的意思是，從關係上來說，前男友是——」

「毫無關係的第三者。」

「這不是比剛剛的定義更殘忍了嗎！不是這樣！我指的是感情上的定義，前男友究竟是……？」

「『即使努力到要吐了，還是會花十年讓自己變得完美，重回前女友身邊』的生物。」

「這感情會不會太沉重了！還有為何是風月同學妳來回答我啊！」

「因為我就是霜姐姐的前男友啊。」

「所——以——說——就是這點我不能接受！」

不知為何激動起來的空喊道：

「妳明明是女孩子，為何會變成前男友啊！」

「生理上如何不是重點吧。」

風月順了順耳際的頭髮說道：

「若論對霜姐姐的心意，我不會輸給任何人。」

「我、我也一樣啊！」

空緊握雙拳，大聲說道：

「若論對雪見學姐的心意！我也不會輸給任何人！」

空和風月兩個人針鋒相對，以微笑互看著彼此。

她們兩個之間彷彿有閃電和火花在閃爍。

身為當事人的我在一旁手足無措、坐立不安。

就在一切彷彿要失控時——

夢想藍圖的門砰的一聲打開了。

「不好意思～被老師留下來囉嗦了，各位，有沒有很想風花啊？」

在這個絕妙的時間點，風花像是暴風一般闖了進來。

被吸引了注意力，風月將目光轉向風花，兩人就此對上了眼。

「……糟糕。」

我暗叫不好。

這對姐妹之間似乎有什麼錯綜複雜的隱情。

本來想要在她們碰面前跟風花提一下，讓她做好心理準備的，沒想到被空和風月的爭執分了心，讓我完全忘了此事。

看著以微笑互望的風花和風月，我緊張地吞了一口口水。

久未見面的姐妹碰面了，究竟會有怎樣的互動呢？

是驚訝、生氣、難過還是感動——

「妳好，我是今天入社的風月，就讀一年C班。」

只是，風月的反應完全出乎我意料之外。

「風花學姐，初次見面。」

風月向風花行了一個漂亮的禮後說道：

「以後請妳多多指教。」

風月露出了完美的笑容。

完美的禮儀和應對，若是面對初次見面的學姐，風月剛剛的一言一行可說是滿分。

但就是如此有禮的態度，代表著一個再明顯不過的事實——

風月完全不認識風花。

「風花……」

我擔心地看向風花，深怕她因為風月的話而受到打擊。

只是，更讓我驚訝的事呈現在我面前——

「妳好，歡迎妳入社。」

風花完全沒動搖，就像跟初次見面的同校學妹說話，她也露出客氣的笑容說道：

「很開心能認識妳。」

不知為何，看著風花那普通至極的態度，我全身上下就有如墜入冰窖一般冰冷。

她的手沒有因為不甘而緊握。

她的下唇沒有因為緊張而咬住。

她的身體沒有因為感動而顫抖。

她的眉角沒有因為痛苦而抽動。

雖然臉上掛著微笑，但除此之外什麼都沒有。

風花的表現，比我至今所看過的她都還要平靜。

——妳努力飾演「風花」這個人。

我的腦中響起我曾說過的話。

本來，我覺得我一輩子都看不穿風花這個人。

但此刻，看著風花那毫無破綻的應對，我突然意識到我說的是對的。

——若真如妳所說，風花是天才，而妳不過是個平凡人，那妳憑什麼分析風花？

「傻瓜，我當然可以啊……」

那確實是完美至極的演技。

風花全身上下，都散發著讓我欽羨的光芒。

她必定是努力了許久，才有了這麼洗練的演技。

雖然這股光芒，強烈得讓我連直視都做不到。

第九章
風花雪月之四

「這是第三次了吧？」

風花露出成熟無比的笑容說道：

「這是妳第三次和風花私下見面了。」

在所有人都離開社辦後，我瞞著空和風月拉住了風花，將她帶到社辦中。

「每次都在大家離開後獨處，感覺真是刺激呢。」

風花坐到窗臺上，悠哉地說道：

「仔細想想，空是正妻、風月是未婚妻，那我應該就是情婦了，對吧？」

「完全不對。」

錯誤率百分之百。

若是平常，或許我會跟風花就這樣繼續閒聊下去，但今天我並不打算這麼做。

——剛剛風月完全不認識風花的情景浮現腦中。

這究竟是怎麼回事？

我逼近風花，準備將心中的疑問拋出口——

「勸妳不要問比較好。」

風花馬上打斷了我的話。

她露出了我從沒看過的認真眼神。

「知道了緣由又如何，妳打算做什麼？又能做什麼？」

她露出小惡魔的表情說道：

「妳該不會覺得可以解決我們的問題吧？明明不過是個平凡人而已。」

「……說得真惡毒啊，該不會這才是妳的本性？」

「誰知道呢？」

一陣風吹了進來，揚起了風花如綢緞一般的金髮，她露出笑容說道：

「就連風花自己，都不知道自己的本性是什麼。」

「……」

在和我獨處時，她露出了不像我們這年紀的成熟神情。

在進行社團活動時，她露出嗜虐的一面捉弄我和空。

在被我五花大綁時，她像個懦弱大哭的孩子。

「就像是水呢……」

看著微笑的風花，我不禁吐露了這樣的感想。

裝在不同的容器中，就會呈現不同的形狀。

被不同的光線照耀，就會閃爍出不同的顏色。

沒有固定的形體，而這樣的無定義就是它的定義。

「若真的如妳所說，風花是水的話，那不管妳多想抓住，最終也只是白費工夫。」

小小的風花「嘿咻」一聲從窗臺上跳了下來，準備離開社辦。

「所以，別管風花的事吧。」

風花毫不猶豫地往門口走去，我則是一把拉住了她。

「等一下。」

「……」

「這不是抓住了嗎？」

「……妳沒聽清楚風花剛剛說的話嗎？」

風花的聲音低沉到讓我覺得害怕，因為背對我的關係，我看不清她的表情。

儘管手有些抖，我仍抓著她說道：

「風花，我可是比妳想像的還要無可救藥啊。」

「是啊，超煩的。」

她轉過頭，以毫不留情的話和笑容打擊我。我咬牙忍耐，不讓自己逃跑。

「我不靈巧、不會與人相處、不知道怎麼跟人把握距離、常常說出讓周遭的人不知道該怎麼反應的話，我就是如此笨拙的人。」

我緊緊握著她的手。

「所以，別期待我會看氣氛或是審視情勢，要是妳期待我會說『好，妳走吧』，那就是妳的問題了。」

別小看我，不對——

「別太看得起我啊！」

「……噗哈。」

不知為何，聽到我這麼說，風花就像忍俊不禁似地笑了出來。

「妳這人啊……」

「怎、怎樣！有什麼好笑的？」

「不知為何，妳每次的行動總是出乎風花意料之外呢，俗話說『天才和蠢蛋間只有一線之隔』，但就風花看來，這兩者間的鴻溝之深，說不定堪比馬里亞納海溝。」

「……這是稱讚還是諷刺？」

「當然是稱讚。」

她將另一隻手覆蓋在我的手上。

「風花改變主意了，就跟妳說說風花和風月之間發生了什麼事吧。」

「咦？」

狀況急轉直下，順利地讓我發出了驚愕的聲音。

「這有什麼好驚訝的？就像妳說的，風花沒有個性、沒有準則，不管做什麼都是隨興而至，今天突然想談談過去也一點都不奇怪吧。」

「……是這樣嗎？」

「不過，先警告妳，這不是什麼有趣的故事喔。」

「沒有關係。」

我看著風花那漂亮的金色雙眼說道：

「把不有趣的經歷，變成有趣的故事，是作者的工作。」

「是啊，記得妳的夢想是當個小說家嘛。」

風花以略帶嘲弄的表情說道：

「但是，這世界沒有那麼天真，不是什麼故事都可以有個圓滿結局。」

在這樣的引言下，風花開始說起了她的故事。

那並不是一個很複雜的故事，甚至可以說簡單過頭了。

但就是如此簡單的——風花永遠失去了風月這個妹妹。

★

有一個有錢的家族企業，名為「嵐」。

這個企業橫跨金融、餐飲、房地產等各領域，資產無數。

但是，不是所有人都知道，「嵐」這個企業有一個很特別的運營模式——那就是極為強調權力集中。

所有決策都必須由唯一一位「當家」決定。

在家族中選出有才能的人作為當家，並全力輔佐他。

以現代的眼光來看，會覺得這方式極為不可思議，但是「嵐」一直以來都是依靠這樣的模式運作，也從中得到了巨大的成功。

「捨身輔佐」——這是「嵐」的傳統，也是絕對不能動搖的家訓。

他們深信這個世界屬於有才能的人，至於其他無才能的人都只是陪襯。

要是勉強自己前行，就會被狂暴的嵐捲走，粉身碎骨。

所以，他們需要一個比嵐更加絕對的存在，一個能以壓倒性才能鏟除一切障礙的領導者。

就在宛如君主專制的家族下，某天，一個天才降世了。

這個女孩名為「風花」。

五歲時就掌握了超過五國語言，數學也學到了高中程度。

「嵐」毫無猶豫地決定風花為下一任當家，而風花也不負眾望地掌握越來越多技能。

只是，不知該說幸還是不幸，風花的妹妹——風月在此時誕生了。

「嵐」下了一個裁定。

他們決定將風月趕出家族。

其原因無他，這正是家族的絕對規則——「捨身輔佐」。

若是當家繼承人有兄弟姐妹，那就有可能產生爭權奪利的狀況。

為了避免紛爭，「嵐」決定排除一切危險因子。

他們將風月趕出家族，並派遣女僕收養她，偽裝成她的母親。

只是，在他們這麼做的同時，另一個異變發生了。

風花不知為何生了場重病，發了高燒。

她病情痊癒後，突然性情大變。

本來會的技藝完全遺忘，智能也退化到五歲小孩，有時行事還瘋瘋癲癲的。

一夕之間，風花墜落凡間，成為再普通不過的女孩。

本來「嵐」還期待哪天風花會變回原本的樣子，但風花的狀況十分嚴重，完全沒有好轉的跡象，只好暫時將風月定為繼承人。接著風月不知道遭遇了什麼事，開始刻苦向學，最終，她的努力讓她成為了「嵐」的正式繼承人。

姐妹倆角色互換，本來應該降臨到風月身上的命運，無情地落到了風花身上。

在將風月接回家的那天，「嵐」也將風花從家族中流放了。

他們為風花安排了照顧她的人，也給予她足夠的金錢援助，讓她不為生活所困擾。

但是，獲取這些事物是有代價的。

「捨身輔佐」——從今以後，風花再也不能自稱是「嵐」的人。

打從一開始，風花就沒出生在「嵐」中。

被家族除名的風花沒有妹妹。

當然，風月也沒有姐姐。

★

「風花在『嵐』中是不存在的人，所以，風月打從一開始就不知道自己有姐姐。」

講述完往事後，風花微笑說道：

「這就是為何在社辦，她對風花彷彿對待陌生人的原因。」

明明是這麼驚心動魄的往事和過去，但風花說起來，就像是在說旁人的事一般毫不在意。

「風花，我想問一個問題。」

「嗯？」

「妳是不是為了讓自己的妹妹不被家族流放，所以才刻意裝瘋賣傻，徹底扮演另一個人？」

難怪妳會成為這樣子的人——一個不知道是什麼樣子的人。

妳將自己切割得支離破碎，然後努力不讓「風花」被拼湊起來。

「若風花說不是，妳會信嗎？」

風花輕笑道：

「反之，若風花說是，妳就對此深信不疑嗎？」

「但妳為了風月留在這所學校，確實是事實，對吧？」

「是啊，但那只是基於好奇心而已。」

風花搖了搖手說道：

「風花只是想看看取代風花的『嵐』之繼承人是怎樣的人而已。」

「妳不會想跟她相認嗎？」

「當然不會，妳仔細想想，若是風花這時跑去跟她相認，她會怎麼想？」

「她會……」

我說到一半就住口了。

風月會欣然接受？這怎麼想都不可能。

「突然冒出一個姐姐，不管是誰都不會相信吧？更別提現在的風花根本就拿不出任何證據，也不能自稱是『嵐』的人。」

「可是，這也太——」

「小雪。」

風花以嚴肅的態度打斷我的話。

「已經沒有妳能做的事了。」

「……」

「這是已經完結的故事，不管再加任何橋段都是徒然。」

可能是為了安慰我吧，她踮起腳尖，輕拍我的肩膀說道：

「風花現在過得很幸福，不但生活無虞，也不用像風月一樣背負當繼承人的壓力。」

「嗯……」

風花說的我都明白。

可是，在我心中這股不快感是怎麼回事？

「風花活得自由自在，而風月也如願地成了她想成為的完美之人，這不就是皆大歡喜的結局嗎？」

「那妳的夢想怎麼辦？」

我抓住風花那小小的手掌，問道：

「妳的夢想，難道不是和妹妹相遇嗎？」

「那已經完成了。」

「多虧妳的社團，風花和風月相遇了。」

風花抽開被我握住的手，笑道：

「那不算跟『妹妹』相遇吧！」

那充其量，只能算是學姐和學妹的相遇。

「『嵐』又沒有禁止妳和風月相認，所以，只要想辦法讓風月相信這個事實就好了。」

「……」

「只要妳願意開口，說不定妳們就能姐妹相認啊！」

「夠了。」

風花低聲說了這句，但陷入思緒的我並沒發覺，不，就算察覺了，我應該還是會繼續說下去吧。

因為，我就是這麼愚蠢的人。

「對了，因為一些因素，風月很喜歡我，所以只要由我出面跟她說，她或許就會相信妳的身分——」

「夠了！」

砰！

風花抓住我的衣領，將我推到了牆邊！

「妳究竟憑什麼這麼深入干涉他人的家務事！」

她的眼中，燃燒著滿滿的怒火。

我似乎是第一次看到真正的風花。

但諷刺的是，我一點都不想看到這樣的她。

「妳不懂風花的心情、不懂風花的過去，不懂風花做了怎樣的覺悟和努力，妳究竟憑什麼管這麼多？」

她並沒有大聲喊叫，但她的每一句話，都像刀子一般剜著我的心。

「若是風花和風月相認，就一定會有好結果嗎？若是『嵐』又做了什麼，破壞了風月現在的生活，妳承擔得起嗎？」

「可是，那妳一直以來的努力又算什麼？說不定只要邁出一步，妳的夢想就會——」

「誰規定夢想就一定要實現！」

激動起來的她，連珠砲似地說道：

「不是每個人都可以克服嚴苛的現實。」

「不是每個人都可以冒著失去一切的風險。」

「不是每個人都有孤身一人面對一切的勇氣。」

「小雪，妳回答我啊——」

「若是夢想會毀壞現在已到手的平穩幸福，妳還會說夢想就一定要實現嗎？」

聽到風花這麼說，即使遲鈍如我也知道自己越過了那條不能越過的線。

即使以社交障礙當理由，也完全無法被原諒。

但是、但是——

「我不知道夢想是否一定要實現……」

被風花的粗暴態度嚇壞的我，慌張地流下了兩行淚水。

「但是，現在的妳看起來一點都不幸福……」

聽到我這麼說，風花露出了呆愣的表情。

我一邊流著淚，一邊難過地說道：

「妳看起來，好痛苦的樣子……」

風花沉默了下來，不再說話。

過了良久良久後，她放開緊抓著我衣服的手，默默地轉過身去。

「證明給風花看吧。」

「嗯？」

「請妳向風花證明，夢想是可以實現的。」

她回過身來，不過才短短幾秒，她的臉上就已掛回了「風花」那一貫的完美笑容。

「若是妳完成了風花開的條件，那風花就願意在自己的夢想上更加努力。」

★

——在一個月後，舉辦一場足以吸引三千人的演唱會。

這就是風花開的條件。

我回憶昨天她在社辦中和我的對話。

「記得小雪妳曾說過，妳之所以幫助天然黑的夢想，就是覺得她之後必定會成為了不起的偶像。」

風花指著窗外說道：

「我們三才學校共三千人，那麼，在一個月後靠著空的歌聲聚集到三千人的人潮，這對妳們來說不是什麼難事吧？」

「沒問題。」

覺得這是小菜一碟的我點了點頭說道：

「憑著空的歌聲，別說吸引三千人了，就連三十億人都不是問題。」

「全世界人口的一半嗎……妳對天然黑的信心似乎比風花想的還要驚人……」

風花露出不敢領教的神情。

「那麼，賭約成立。」

我朝風花伸出手說道：

「我會向妳證明，只要願意努力，夢想就必定會實現。若是我和小空真的做到了，那妳就得更認真地看待風月的事。」

「……真是天真的人啊。」

風花看著我伸出去的手，不知為何一直不回握。

「怎麼了嗎？覺得這賭約有什麼不妥嗎？」

「吶，最後讓風花問一個問題。」

「嗯？」

「妳和風花認識沒多久，既不是風花的朋友、也不是風花的家人，為什麼妳要為風花做到這種地步？」

「這有什麼好問的？」

我疑惑地說道：

「妳是我的社員，我幫助妳不是應該的嗎？」

「……是啊。」

風花不知為何露出了無奈又開心的笑容說道：

「妳就是這種人啊。」

她握住了我的手，與我許下了約定。

與風花完成賭約的隔天。

走在上學的路上，我一邊喝著熱咖啡一邊跟身旁的空說明昨天的事。

「沒想到風月同學就是風花的妹妹啊，難怪之前學姐會叫我去調查風月同學的事。」

聽完我說明的空連連點頭。

接著想到什麼的她，以有些疑惑的語氣問道：

「不過……好像不太對啊，雪見學姐。」

「哪裡不對？」

「當初妳是知道這對姐妹的隱情，才叫我去調查風月的吧？但聽風花說，即使在『嵐』內部，這應該也是屬於極機密的事項，妳是怎麼調查到這事的？」

「我自然有自己的方法。」

我故作神祕，然後享受空尊敬的目光。

不過要是說出事實，想必空一定會失望的。

在邀請風花入社之前，我努力調查她的事，結果就在某天，我的抽屜裡出現了一張不知是誰留的字條，上頭寫著：

「風花和風月是姐妹，風花是為了風月才留級的。」

本來我也對內容半信半疑，但照現在的事態發展來看，這字條上寫的情報別說關鍵了，根本是核心中的核心！

但直到現在，我還是不知道那張字條究竟是誰寫的。

「雪見學姐。」

就在我思索到一半時，我被空的叫喚給打斷。

「所以……一個月後的賭約，我們該怎麼辦呢？」

「該怎麼辦？這沒有很困難吧。」

我悠哉地對身旁的小空說道：

「一個月後就拜託妳了。」

「……拜託我什麼？」

聽到我這麼說，空的雙眼有些發直。

「嗯？妳沒聽清楚我剛才說明的前因後果嗎？」

我拿下被咖啡的熱氣弄到起霧的眼鏡，一邊用手帕擦拭一邊說道：

「一個月後，妳就隨便找個地方唱首歌，然後幾萬人的人群就會像螞蟻一般，唰地一下被吸引過來。」

「學姐對我的實力估算也太奇怪了吧！」

「啊……抱歉，不是幾萬人，是幾十萬人是嗎？」

「我不是嫌妳說的數字太少！」

「？」

我戴上擦亮後的眼鏡歪了歪頭，完全無法理解空到底想說什麼。

「學姐！我很開心妳對我這麼有信心，但妳要知道，現在的我完全沒有名氣，就算我真的唱得有如巨星一般，也吸引不到多少人的。」

「怎麼會～小空妳太誇張了～」

「而且，撇開知名度的問題不談，演唱會的場地呢？」

「不是小空開始唱歌，世間萬物就會自動空出空間來給妳嗎？」

「在學姐的想像中，我的歌聲到底是怎樣驚人的存在！」

「飛鳥聽到會落下、游魚聽到會停止游動、人類聽到會失去意識。」

「這聽起來像是驚人地難聽啊！」

小空停下腳步，雙手抱頭說道：

「而且，不只上述說的問題，還有音響、演唱服裝、舞臺搭建等硬體問題必須解決，要在一個月內完成這些東西……天啊！這根本是個無法實現的目標。」

「……嗯？」

看著空那煩惱的模樣，我才終於意識到不對勁。

「該不會……我真的接了一個很不得了的賭約？」

「那是當然的啊！學姐！」

「我還是不太懂……具體來說有多難？」

「這件事的難度，若要用最適當的比喻來說，就跟雪見學姐要變得善於交際一樣。」

「我徹底明白這件事的高難度了！這不就意味著這輩子都做不到嗎！」

我也停下腳步，開始抱頭崩潰道：

「虧我昨晚還花了一整夜，想像勝利之後要用何種角度踩風花的頭了，這下該怎麼辦才好啊？」

「……學姐竟然在想像那種事？」

「當然不只啊！凡人打敗天才的機會可是很難得的，我還想像了風花輸掉之後那懊悔的樣子，想著一定要拍成影片每天看三次呢！」

「我突然覺得雪見學姐輸掉也是一件不錯的事了……」

「這可不行！她瞧不起我就算了！」

我將目光轉向身旁的空，認真說道：

「但她不可以瞧不起小空！」

「……嗯。」

不知為何，聽到我斬釘截鐵地這麼說，空不好意思地搔了搔臉頰。

「小空一定能實現夢想的，一個月後的賭約不過是個過程而已，我們就一同邁過給風花看吧。」

——誰規定夢想就一定要實現！

我想起風花那時的表情。

雖然憤怒，但我感覺她就像個害怕受傷的孩子一般膽怯。

「這不僅是為了風花，也是為了我自己。」

我握緊拳頭說道：

「我知道我很天真，也知道努力不一定就能實現夢想，但就算理智上再認同這樣的看法，我的感情也不允許。」

因為要是如此，那不是太悲哀了嗎？

只能握著夢想的碎片，永遠拼不起來。

「既然身為『夢想藍圖』的社長，我有義務證明社員的夢想都有實現的可能。」

我向空低下頭。

「所以，拜託妳，小空，請助我一臂之力吧！」

「真是的……」

空一臉無可奈何地說道：

「就算學姐不這麼拜託我，我也會盡我所能幫妳的啊。」

「是啊。」

我抬起頭來，和空相視而笑。

她說得對，我又何必多此一舉呢。

只要她的夢想能實現，那我的夢想也能跟著一起綻放光芒。

從互相許下誓言的那刻，我們兩個就是綁在一塊的命運共同體了。

★

到了學校後，我和小空在社辦討論接下來該怎麼做。

「一個月後要舉辦一場三千人的演唱會，雖然我們面臨的問題很多，但主要的問題可以歸納為三個：知名度、場地、硬體設備。」

空占據了白板前方，也就是我平常站的位置，開始主導今天的議題。

「不過，有一個東西可以同時解決這三個問題，學姐知道是什麼嗎？」

「我當然知道——」

推了推眼鏡，我滿懷自信地說道：

「那就是催眠術，對吧？」

喀。

空手中拿著的白板筆從空中墜落，落到了地上。

「只要成功洗腦他人，觀眾、場地、硬體設備就能輕而易舉到手，所有困擾我們的問題也都能迎刃而解。」

「虧學姐上學前的熱血發言還讓我感動了一下……」

空撿起地上的筆，嘴角有些抽搐地說道：

「現在我們需要的不是那種幻想要素，而是更為實際的東西。」

「例如『足以奪取任何東西的強大武力』？」

「也不是那種東西！是更為平常，我們日常生活都在用，並依靠它過生活的——」

「他人的同情心？」

「那只有學姐在用啦！」

「！」

「為何要露出受傷的表情啊！那不是妳自己說的嗎？」

「因為、因為……」

「真是的，聽好囉，雪見學姐，我們真正需要的是——」

受不了的空揮舞著白板筆，在白板上寫下了斗大的正確答案：

「錢。」

空用手掌「啪啪」地拍著白板說道：

「我們真正需要的東西是『錢』——萬能的『金錢』。」

「喔喔，確實。」

看著白板上的「錢」字，我和空異口同聲說道：

「若是有了錢，知名度可以靠打廣告，場地可以用錢來商借，當然，硬體設備也不會有問題，不管是用購買或是租用都能得到。」

「若是有了錢，知名度可以靠邊演唱邊灑錢得到，場地可以靠灑錢移動人群得到空間，當然，硬體設備更不是問題，因為大家都忙著撿錢，就算沒有音響和舞臺也沒關係。」

空先是沉默了一會兒，接著不可置信地說道：

「沒想到同一種東西在不同思考方式下，竟會產生如此大的差異。」

「有一句名言是這麼說的：『唯有人類，會用不正確的方式使用正確的工具。』」

「這次學姐的名言我完全認同……」

「整理出重點很好，不過，金錢這要素可說是最簡單也是最困難的，我們所需要的金額大概是多少呢？」

「嗯，我初步估算一下，大概要幾萬……甚至是幾十萬吧？」

「……這不是兩個高中女生所能負擔的價錢啊。」

我們同時抱臂沉吟，陷入了沉默。

這世上多的是無解的難題，若今天一件事只要花錢就能解決，那實在算不上是什麼大事。

但是，我們都沒錢。

於是這就成了大事。

「為了贏下一個月後的賭約，我想我們的議題應該稍微變更一下……」

我走到白板前將「錢」塗掉，寫下今天的主題──

「如何用女高中生的身分賺取金錢。」

看著這樣的主題，空再度陷入了沉默。

「怎麼了嗎？小空。」

「總覺得，好像哪裡怪怪的……」

「重點不夠明顯是嗎？那——」

「如何活用女高中生的青春肉體，有效率地賺取大量金錢。」

「學姐強調的重點真的很奇怪！這看起來不是更露骨了嗎！」

「露骨？什麼意思？」

我歪著頭問道：

「我們唯一的優勢就是年輕吧？強調這部分有什麼問題？」

「學姐究竟是真的不懂還是在裝蒜……」

「？」

「沒事，當我沒說。看學姐那純真的表情，應該是真的不懂……」

「嘿咻～」

我從懷中拿出一張照片，貼上白板。

「學姐在做什麼？」

「嗯？看不出來嗎？我正在把妳的照片貼在白板上。」

「我看得出來，我問的是妳為什麼要這麼做？」

「因為妳是我們社團一個月後的目標啊。」

仰頭看著空的照片，我露出笑容說道：

「我想明確自己的目標，這就跟考生會在牆上貼『離考試還剩X天』那種感覺一樣。」

「那下一個問題，學姐為何會隨身攜帶我的照片？而且這張照片不是我剛洗完澡後出來的模樣嗎！」

「……」

我轉過頭，假裝沒聽到空的話。

無視她不斷的追問，我一邊心算一邊在白板上塗寫。

「假設一個月要賺十萬，工作天是二十天，一天五小時……」

那賺取目標金額所需要的時薪就是——

「一小時一千元嗎……」

傷腦筋，這似乎不是一個很簡單的數字。

「而且，我和小空並沒有實際的工作經驗。」

沒有任何專業技能，可以讓我們得到這樣的時薪。

「若是想辦法找到願意幫助我們的有力贊助商……」

不行，我和空都沒有這樣的人脈。

「就算真的排除萬難找到這樣高時薪的工作，還會有父母和學校方面的阻力。」

父母不一定允許打工，學校更是直接明文禁止。

該怎麼辦呢？

喀嚓。

就在我陷入沉思時，社辦的門打開了。

我轉頭一看，發現來者是風月。

「喔喔，風月妳來了啊。」

「……」

「風月？」

「……」

連招呼都不打，呆立在原地的風月，就像靈魂飛走似的。

「那個、那個……」

她顫抖的手指指向白板，順著她手指的方向一看，我才發現我剛才下意識寫下了什麼。

只見在空的出浴照片旁，羅列著這些詞句——

「一小時一千。」

「無任何經驗。」

「有錢人贊助。」

「需瞞過父母和校方進行的祕密工作。」

就算是對那種事特別遲鈍的我，也察覺到好像不太妙。

「那個，今天就先不打擾了。」

風月向我和空鞠了個九十度的躬，接著掩上門，像是逃難一般離開了社辦。

社辦再度剩下我和空兩人，一股難堪的沉默籠罩住了我們。

「那個……小空。」

我推了推眼鏡，試圖裝作若無其事地說道：

「妳別想得太嚴重，說不定風月沒有誤會也說不一定。」

「……是這樣嗎？」

「是啊，若是真正的未成年援助交際——」

我用白板筆將空照片裡的雙眼塗上海苔條。

「應該是長這樣！所以別擔心——」

「嗚啊啊啊啊啊啊啊啊啊！」

空一邊大哭一邊奪門而出。

好吧，我真的不會安慰人。

★

在跟空聊過後，我才確切明白了風花開出來的題目有多難。

我在上課時不斷煩惱，就連老師點到我時都沒反應，所以放學後被叫去教師室念了一頓。

「妳上課不專心聽講，到底是在想些什麼！」

老師對著我大罵，因為是導師的關係，我面對她時，怕生技能還不會發作。

「老師，我現在沒餘裕聽講。」

「為什麼？」

「我現在正在拚命想賺錢的法子。」

「那個……是家裡面臨了什麼經濟問題嗎？」

「要是不在一個月內生出幾十萬，就會有一對姐妹永遠分離了。」

「雪、雪見同學！妳家還好嗎？」

老師驚訝得花容失色。

雖然好像造成了什麼誤會，但此時的我沒發覺。

總之在短短的對談後，老師不再為難我，反而以溫柔過頭的語氣說道：

「老師這邊的門永遠為妳敞開喔。」

「錢……」

走在放學的路上，我喃喃自語。

「我想要錢……」

此時，路邊的自動販賣機躍入了我的視野中。

我趴在地上，想要從底部挖些硬幣出來。

「媽媽，那個姐姐在做什麼？」

「噓！別看，快走。」

對，快走，要不然若是靠得太近，我會哭給你看喔。

「唉……」

最終我的掏錢行動以失敗告終，但就算真的挖到錢，那微小的金額也緩不濟急。

錢非萬能，但沒有錢萬萬不能。

我算是深刻體會到這句話的意思了。

「霜姐姐……妳還好嗎？」

我的上方突然傳來了風月擔憂無比的聲音。

「嗯？」

四肢著地的我回過頭去，結果看到了倒轉過來的風月。

「為什麼這麼問？我看起來像是有事的樣子嗎？」

「嗯，霜姐姐沒事。」

風月附和我說的話。

「霜姐姐一點事都沒有。」

是我的錯覺嗎？總覺得她的眼神和語調充滿同情。

「既然沒事，就請霜姐姐從地上起身吧。」

她拉住我的手，將我從地上拉起來。

「謝謝，咦？風月，妳的衣服……」

從地上起身的我恢復正常視角，這時才發現風月的衣服和一般人大相逕庭。

那是一身亮麗的淺藍色晚禮服。

不但小露半邊酥胸，下襬還開衩到腰部。

精心打造的髮型別著蝴蝶髮夾，雪白的脖子上戴著水晶項鍊，腳下蹬著玻璃製的天空藍高跟鞋。

這身打扮既性感又不失大方，讓人在看到的瞬間目光和注意力就被完全奪走，喪失思考能力。

「啊啊……」

她果然是不同世界的人啊。

是「嵐」的第一繼承人，也是不得了的大小姐。

目瞪口呆的我，心中不斷轉著這些想法。

「請進吧，霜姐姐。」

她平攤手掌，向我比了個「請」的手勢。

「請進？去哪裡？」

「我想招待妳來我們家一趟。」

她手勢的前方，是一臺加長型的禮車。

因為過度震驚而縮小的視野，讓我剛剛連這等龐然大物都沒看到。

「妳家……『嵐』嗎？」

「是的，請上車吧。」

她挽著我的手臂，將糊里糊塗的我拉上了車。

★

我想，這是很多人一輩子都不會有的體驗吧。

雖然開在市區內，但禮車毫無振動，穩得就像是沒發動一般。

一旦將車門關上，外面的喧囂就被完全阻隔在外，一點聲音都聽不到。

我朝前方看，可能是為了維護隱私權，只見後座和前方駕駛座之間被一道黑色玻璃隔開，讓我連是誰在開車都看不到。

「請用，霜姐姐。」

風月向我面前的小桌子上，安上了一杯冒著熱氣的花茶。

後座的空間大得就像是一個小套房，別說喝茶了，就算在裡頭用餐也是一點問題都沒有。

「別緊張，霜姐姐，這裡只有我跟妳兩人。」

可能是看穿了我的緊張吧?風月向我露出優雅的笑容。

「嗯,謝謝。」

我喝了一口花茶,從中泛起的濃郁花香讓我的心情稍稍平復了下來。

真是不可思議啊。

眼前的風月明明是我認識的風月,笑容也和平常一模一樣。

只因為衣服和環境與之前截然不同,她給人的感覺就完全像是另一人。

「風月……」

「什麼事?霜姐姐。」

「妳這身衣服……」

「喔喔,今天『嵐』有晚宴,所以就預先穿上了。」

她低下頭,有些不好意思地說道:

「雖然是常穿的衣服,但是被霜姐姐看到,還是有些害羞呢。」

「沒什麼好害羞的,很適合妳。」

「真的嗎!」

風月雙手捧著紅通通的臉,露出彷彿融化的表情說道:

「嗚嘻嘻……好開心。」

我的心怦然一跳。

不過這不能怪我,風月此時的表情和動作女孩子味十足,不管是誰看到都很難保持冷靜。

「霜姐姐,除了茶之外,還有我自製的蛋糕,不要客氣喔。」

風月興沖沖地從後面小冰箱拿出手制的巧克力蛋糕。

「這是……蛋糕？」

我心目中的巧克力蛋糕是手掌大小的方塊，但風月拿出來的蛋糕，卻是遠超乎我想像的一輪明月。

圓形的白巧克力月亮，在中段處圍上了栩栩如生的雲朵，再佐以無數的小兔子在月亮四周。

與其說這是蛋糕，我覺得更像是藝術品。

「霜姐姐～啊～」

她輕輕挖了一口明月，餵到我的嘴前。

「……」

這就是傳說中交往情侶會做的「啊～」嗎？

我本來以為這種現充般的事件永遠不會發生在我身上。

「那個……有點害羞呢？還是——」

我本想拒絕，但看著風月那期待的水潤雙眼，我下一句話怎樣都說不出來。

最終，我還是吞下了那口明月。

「好吃嗎？霜姐姐。」

「嗯，非常好吃。」

被那細緻多層次的味道震驚，我只能吐露出這樣無聊的感想。

聽到我這麼說，風月露出了如花般的笑靨。

這也太犯規了吧？

明明有時舉動和行動英氣十足，就像是男孩子一般，但有時又會像這樣，露出可愛到不行的模樣。

「對了，風月。」

為了驅散內心的動搖，我趕緊轉換話題問道：

「為何今天要邀我去妳家呢？」

「啊……這個嘛。」

風月雙手不安地放在膝前扭動，猶豫了一會兒後，她說道：

「因為，我覺得霜姐姐似乎有什麼煩惱，所以想招待妳來我們家玩一下，舒緩一下心中的壓力。」

「咦……」

「因為妳看嘛，今早在夢想藍圖的社辦中，妳和空同學還討論了那樣驚人的議題。」

「驚人的議題……啊啊！」

我馬上反應過來！

「等一下，妳誤會了，風月！我們不是在討論援助交際的事！」

我慌慌張張地說道：

「雖然我們的確短時間內需要大筆金錢、確實打算不擇手段拜託任何願意幫助我們的有錢人，但今天早上只是在討論各種實行的可能性而已——」

「我們『還』沒討論到援助交際那塊啊！」

——啪！

風月以快到幾乎看不到的動作打開了前座的黑窗！

「女僕，麻煩直接把車轉向，今天的晚宴不去了。」

她跟開車的女僕說道：

「直接轉到海邊的那個別墅……對，現在馬上，在教育好霜姐姐的價值觀前，我會一直和她待在那邊，所以我接下來的行程全都取消——什麼？當家會生氣？」

風月以聽了就讓人發抖的寒冷聲音說道：

「難道我就不會生氣嗎？現在、馬上、給我轉向！」

「等一下！」

這人行事也太果決了吧？

就算用當機立斷也不足形容，根本是當機前就斷了。

而且把我帶到別墅是想做什麼？

著急的我趕緊跟風月解釋前因後果，不過我當然隱去了風花那一段，只說明了我和空因為某些因素，需要在一個月後舉辦能聚集三千人的演唱會。

「也就是說，為了租借器材和場地，妳們現在需要一筆錢？」

「是的。」

「那霜姐姐怎麼不問我呢？」

「……對耶。」

我怎麼沒想到呢？

風月是「嵐」的繼承人，別說幾萬了，要是真的出手，可能幾百萬……不，幾億都不是問題。

只要跟她借錢……

「霜姐姐！妳怎麼跪下了！」

「咦？對耶，我跪下了。」

要不是風月突然尖叫，我連自己跪下都沒發現。

果然禮車後座就是大，連一個人跪下的空間都可以輕易承擔。

「最近滿習慣下跪的，所以有時會反射性地跪下，風月妳別在意。」

「不，習慣這種事是怎麼回事？這很需要在意吧！」

「可是不跪下，要怎麼跟妳借錢呢？」

「不用跪下也能借錢吧？」

「不不不，妳太天真了，風月。」

我搖了搖手指後說道：

「人在有求於人時，最終手段不都是下跪嗎？但仔細想想，下跪根本沒付出什麼實際代價吧？不付出代價就能借到錢、得到原諒或是給人很有誠意的感覺，不覺得下跪其實是很驚人的招數嗎？」

「不愧是霜姐姐，竟有這等驚人的想法。」

風月連連點頭，得意忘形的我忍不住繼續胡扯。

「所以，古人才會這麼說——」

我將頭抬起來，緩緩說道：

「『下跪是神奇的鍊金術，可以顛覆等價交換的原則』。」

「嗯……竟連見多識廣的我都不知道這句名言，看來我還有加強的空間，不知這句話是出自哪一國呢？」

大概是雪見國。

看到風月一臉認真地思考起我自創的名言，一股罪惡感不由得從心中泛了出來。

就在我想要開口坦承的那瞬間——

「不過，不管是基於怎樣的理由，我都不希望霜姐姐輕易下跪。」

風月將手伸到我的腋下，就跟前幾次一樣，我的身體不由自主地浮了起來。

「畢竟——」

露出帥氣的笑容，風月認真無比地說道：

「誰都不希望看到自己喜歡的人跪在地上呢。」

我的心再度一跳！

我趕緊別過頭去，不讓她看到我泛紅的臉龐。

危險。

真的好危險。

總覺得面對風月若不小心點，就會陷進去的感覺，雖然我也不知道是什麼會陷進去就是了。

「雖然我很想無條件地借霜姐姐錢，不過既然機會難得，就讓我使點壞心眼吧。」

風月露出意味深長的笑容。

「我要霜姐姐付出點代價。」

「代價?不是我在自誇，我這個人身上什麼都沒有喔。」

我挺起胸膛，以驕傲的態度講出一點都不值得驕傲的臺詞：

「不管妳要跟我收取什麼，我都有絕對付不出來的自信！」

雪見的「雪」是一望無際、什麼都沒有的雪。

一片空白。

就因為一無所有，所以在談判中我才可以無所不有！

「霜姐姐太貶低自己了，妳明明就很有價值。」

風月雙手支在下巴處，上下打量著我說道：

「比方說……妳的身體啊。」

「咦?」

聽到她這麼說，我反射性地雙手交叉，護在胸前。

但是風月抓住我的手，不讓我的身體往後縮。

「借錢的代價，就用霜姐姐的身體支付吧。」

風月從身後拿出來一張紙，強迫我在上頭簽名。

第十章
風花雪月之五

「嗯啊……」

「……」

「好舒服喔……」

「……」

「霜姐姐的手指再深入一點，對，就是這樣……嗯～好棒～」

「……」

好像……哪裡不太對。

但是具體哪裡不對，我也有點說不上來。

而且不知道是不是我的錯覺，本來穩到一點震盪都沒有的禮車開始晃了起來，就像是開車的人因為什麼不可抗力所以無法專心似的。

「霜姐姐，別太用力了，那裡很脆弱的……」

「啊，抱歉，弄痛妳了嗎？」

「沒關係，嗚嗯～好棒～霜姐姐的手……真的很舒服呢……」

即使手摀著嘴，但風月的呻吟聲還是從指縫中流露出來。

聽著她那酥軟的聲音，我的心也不禁狂跳起來。

「那個……風月啊……」

我壓抑心中的悸動，盡力以平穩的語氣說道：

「妳的聲音，可不可以稍微注意一下？」

「不好意思，很久沒這樣了，一時之間控制不住。」

風月低下頭，有些害羞地說道：

「畢竟，已經很久沒人摸我的頭了。」

是的，雖然旁人可能會誤會我們在做什麼奇怪的事，但其實我只是在摸風月的頭。

在她的要求下，我將手指伸到她的髮絲中，一邊輕輕梳理一邊撫摸她的頭。

順道一提，她的頭髮柔順得就像水一般，在梳理的過程中可以毫無滯礙地從指縫滑出去，幾乎都要讓我誤以為這世間其實沒有摩擦力了。

真不愧是「嵐」的繼承人，光是頭髮就足以推翻物理原則。

——嗶嗶嗶嗶嗶嗶嗶嗶嗶。

此時，設定好的鬧鐘響了起來。

五分鐘到了。

我停止了摸頭的動作，打算將手從風月的頭髮中抽出來——

「等一下！」

風月抓住我的手阻止道：

「我要延長時間！」

「價錢都已經合意商定好了！霜姐姐不能違反契約！」

「……」

「嗯……」

在情勢所逼下，我剛剛糊里糊塗簽了一份合約。

無法違逆風月要求的我第二次摸了她的頭，新的五分鐘也再度展開。

風月灼熱的吐息聲依舊，聽著她的嬌喘，我心中不知為何有些發癢。

我一邊忍受內心的躁動，一邊看向剛剛和風月簽下的合同。

摸頭（五分鐘）——三百元

膝枕（五分鐘）——五百元

掏耳朵（三分鐘）——三百元

從後方擁抱（一分鐘）——八百元

晚上——另議

「總覺得……很奇怪啊。」

腦袋一片混亂的我，終究還是只能重複一樣的感想。

「別想太多，霜姐姐。」

「可是，有價錢、又依照時間收費，這感覺……不就像是某種行業嗎？」

「霜姐姐想太多了。」

風月露出燦爛的笑容說道：

「妳只是在打工賺錢而已，又不是做什麼壞事。」

「是這樣嗎……不對，應該就是這樣沒錯。」

我刻意用堅定的語氣再說一遍，這有一部分也是為了說服自己。

別胡思亂想。

雖然有種漸漸沒有退路的感覺，但這應該是我的錯覺吧？

就算是風月，也不可能計算到這一步吧？

「妳現在的工作可是撫慰人心的偉大工作呢，嗚嗯……」

風月露出舒服到快融化的表情。

一般來說摸頭會變這樣嗎？為什麼氣氛越來越奇怪了？

——嗶嗶嗶嗶嗶嗶嗶嗶嗶嗶。

此時，設定好的手機鬧鐘再度響了起來。

五分鐘到了。

「果然幸福的時光總是過得特別快呢，為了不讓霜姐姐擔心，先結清剛剛的帳吧。」

風月掏出六百元給我。

「這是摸頭十分鐘的錢。」

「嗯……」我接過錢，心中更加五味雜陳。

我應該沒做什麼壞事才對啊？但這種被弄髒的感覺是怎麼回事？

「霜姐姐，接著我要『膝枕』～」

就像隻小貓一樣，風月骨碌滾到我的膝上。

「順道再加個『摸頭』服務。」

「好……」

放棄一切的我，就這樣聽從風月的要求。

「嗯……霜姐姐腳上的黑絲襪，觸感既滑嫩又溫暖呢～」

「算我求妳了，不要細心感受這種事……」

我都快羞愧至死了。

看到我這模樣，風月露出輕笑。

接下來的時間，「嵐」的繼承人就這樣枕在我膝上，安分地任我撫摸她的頭。

要是被「嵐」內部的人看到這副模樣，想必一定會非常不妙吧。

不過，隨著不斷撫摸，我的心也漸漸靜了下來。

一股溫和治癒的氣氛逐漸擴散，充滿了整個後座。

我和風月一句話都沒說，就這樣放任時間在這靜謐的安心中悄悄流過。

「呼……」

「風月？」

令我意外的是，風月就這樣毫無防備地睡著了。

長長的睫毛隨著她平穩的呼吸顫動，在臉頰上落下影子。

她熟睡的模樣，就像是外出遠遊的孩子終於回到了家。

「原來如此啊……」

我似乎窺見了「嵐」之繼承人平常的壓力有多麼巨大。

之所以被摸頭就有這麼誇張的反應，是因為她平常根本就沒人可以撒嬌。

雖然並不能說是我害的，但她之所以變成這副模樣，確實有部分責任在我。

我默默地把手機的定時鬧鐘切掉。

「辛苦妳了，風月。」

我一邊輕撫她的臉頰，一邊溫柔地說道：

「在變得完美前，就先這樣好好休息吧。」

★

接著，在「嵐」家發生了很多事。

我先是被盛大的迎接陣容嚇到暈倒，接著差點被風月帶去見「嵐」之當家然後嚇到暈倒，最後女僕靠近我要幫我換上晚禮服然後嚇到暈倒。

總之就是不斷丟臉、出醜還有暈倒。

幹得好，真不愧是我，竟然可以幹得如此不好。

因為暈倒太多次加上內心將其視為黑歷史的關係，我並沒有對在「嵐」家的事留下太多記憶。

只是，還是有一件事，在我心中留下了很深印象。

在參加晚宴前，可能是知道我即使被女僕服侍也會緊張吧，風月單獨來找我，打算幫我換上一看就知道是知名設計師設計的晚禮服。

因為怕耽誤她的正事，我拚命地阻止她，但她還是堅持要幫忙。

「不管是再重要的事，都不會比我看到霜姐姐穿晚禮服的美麗模樣還重要。」

她照例以帥氣過頭的臺詞，堵住了我接著所有想說的話。

於是，在大大的全身鏡面前，嵐之繼承人就這樣跪在地上，服侍我穿上華麗無比的衣服。

過了約莫四十分鐘後。

「好了，霜姐姐。」

就像是完成了一件了不起的藝術品，風月看著鏡子中的我說道：

「果然如我所料，霜姐姐的美豔遠超常人。」

「……這是我嗎？」

「是啊，霜姐姐。」

白色的露肩長尾晚禮服、衣服上頭以閃亮的碎鑽排成了六角形的雪花圖案、盤起來的頭髮插上了充滿設計感的白玉髮簪。

鏡中的人完全不像我，甚至可以說根本就是另一個人。

就像雪映照的天空一般，充滿了空靈感。

「只要素材良好，不管怎麼調配成品都會驚人呢，我甚至覺得化妝都是多餘的。」

風月一邊讚嘆一邊說道：

「果然，霜姐姐是再完美不過的存在。」

此時，看著露出滿足笑容的風月，深深的罪惡感突然從我心中一湧而上，幾乎要把我壓垮。

這樣下去是不行的。

要是再這樣繼續下去是不對的。

「那個，風月……」

「嗯？」

「妳誤會了，大大地誤會了。」

風月在小時候跟我分開，在那之後的十多年，她都沒有再跟我見過面。

我在這段期間變成了怎樣的人，她一無所知。

於是，她藉由想像填補了這段空白，美化了我這個人。

「我沒有妳想的那麼完美。」

低下頭，我抓著晚禮服的下襬。

「妳所看到的一切都是假象，真正的我其實更加的、更加的——」

我感到緊握衣服的手指在顫抖，喉嚨也因為膽怯而乾渴。

我知道我說的話會讓風月失望。

她是為了達成與我的約定，才變得如此完美。

但是，真正的我並不是如此。

即使穿上這麼漂亮的衣服，風月所憧憬的「雪見」也不在這裡。

在這裡的，只有一無所有的雪。

「我平凡、怕生、陰沉、沒有任何突出的地方和技能。」

對著驚訝的風月，我不斷數落自己的缺點。

「我愚蠢、愛哭、小心眼、怕寂寞、害怕失敗、喜歡逃避、見錢眼開、嫉妒心強烈、喜歡胡說八道、每次都打腫臉充胖子、無法與人好好交際、遇到困難的第一個念頭就是逃跑，就連夢想都無法獨立實現——」

此時，我的腦中浮現了空的笑靨。

要不是她陪在我身邊，要不是將夢想綁在她的身上，我想我根本連跨出第一步的勇氣都沒有。

「我明明知道妳被我騙了，卻一直沒有說破。」

我緊握雙拳，閉著眼睛大喊道：

「我利用過去的緣分，享受妳對我的好——我就是那麼卑劣的人！」

「等一下，霜姐姐……妳到底在說什麼？」

果然，風月露出了不可置信的表情。

「我不是妳所想的『霜姐姐』。」

我大力搖頭，因為搖得太大力，就連頭上的白玉髮簪都「乒」的一聲掉在地上，好不容易整理好的頭髮也散開來。

「妳心中的霜姐姐，根本就不存在！」

鏡中的自己看起來十分悲慘。

我也希望自己是原本那光鮮亮麗的模樣。

但殘酷的是，這麼狼狽的雪見，才是真正的我。

風月看著我，一言不發。

她應該嚇到了吧？不，說不定生氣了也是有可能的。

畢竟，我一直在利用她的善意。

「霜姐姐——」

風月以低沉的聲音喚了我一聲後，朝我快步走來。

她高高地舉起手來——

「嗚！」

要被打了嗎？

——啪。

豈料，我所預想的衝突並沒發生。

我全身陷入了一陣柔軟和溫暖當中。

「霜姐姐，妳是不是誤會了什麼呢？」

風月她緊緊抱住了我。

「等一下！風月，妳這樣做，晚禮服會——」

「別擔心，皺掉就算了。」

「……」

「妳剛說的，其實我都知道喔。」

「咦？」

雖然耳朵聽到風月的話，但是我完全沒理解她的意思。

可能知道我沒聽懂吧，風月再說了一次。

「霜姐姐是怎樣的人，我早就知道了。」

風月在我耳邊輕聲說道：

「我並沒有過於美化，也沒有參雜自己的想像。」

「怎麼可能……我們可是十多年沒見了啊。」

「我知道，但是很不可思議的是，這十多年中，一直有人將妳的事告訴我。」

「咦？什麼意思？」

「我也不知道那個人是誰。」

風月一邊撫著我的頭，一邊以溫柔的語調說道：

「有時是一個月一封，有時是半年一封，總之，這十多年來從沒間斷過，這位不知名的人士，一直將霜姐姐的照片和日常生活整理成簡報，寄到我的手機中。」

等一下，這十多年來，一直寄信到風月的手機中？

能做到這事的，在我身邊只有一個人吧？

我的心中，浮現了一個金髮的矮小身影。

「坦白說，要不是這個人一直將霜姐姐的事和照片寄給我，我或許早就崩潰了。」

「崩潰？為什麼？」

「小時候，『嵐』家過於嚴苛的教育和訓練，常讓我在半夜因為壓力而失眠和嘔吐。」

「……」

「每當受不了時，我就會翻閱手機中的那些信件，對我來說，霜姐姐的照片和日常故事，就是我唯一的救贖。」

風月離開我的身邊，露出有些不好意思的笑容說道：

「霜姐姐，妳是我的恩人，從十年前相遇的那一刻開始就是。」

「這太誇張了……」

「不，一點都不誇張。」

風月搖了搖頭後說道：

「小時候的我，似乎因為某些因素無法回到『嵐』家，不過我對那時的事記得不是很清楚，唯一記得的只有自己很寂寞，非常寂寞。」

「嗯……」

那段時期，應該就是風花被選為繼承人，而風月被趕出去的那段時間吧。

「那時的記憶很混亂，就連媽媽似乎也都不是現在的媽媽……很奇怪吧？」

可能自己也不知道自己在說什麼，風月有些不好意思地說道：

「總之，我對周遭的家人不知為何一點真實感都沒有，接著就在那時，我在幼稚園遇到了霜姐姐。」

風月雙眼放出了光芒。

「妳和我說話、陪我到處玩、一直待在我身邊，對妳來說可能只是小事，但是對那時的我來說，妳就是我唯一的家人。」

撿起地上的白玉髮簪，風月重新幫我整理好頭髮。

「從那刻起，我就一直在注視著妳。」

經過風月的梳理，鏡中的我重回原先那脫俗的模樣。

「我知道妳的優點，也知道妳所有的缺點，所以，妳根本沒有對我隱瞞什麼。」

風月站在我身後，與我一同看著鏡中的景象。

「霜姐姐，不管妳認為自己是怎樣的人都無所謂。」

風月指著鏡中並肩的兩人說道：

「看看鏡中的我吧，我之所以能笑得如此幸福，都是因為能站在妳身邊的關係。」

鏡中的風月，對我露出了自信又帥氣的笑容說道：

「就算妳不完美又怎樣？」

「我可是因妳才變得如此完美啊。」

★

最後，在風月前去赴晚宴前，我問了風月最後一個問題。

「風月。」

「什麼事？」

她身上的晚禮服雖然因為我而皺了，但她絲毫不在意。

「如果……」

我緊握拳頭，強迫自己說下去。

「如果妳有一個姐姐的話，那妳希望她會是怎樣的人？」

「嗯，真是特別的話題啊，不過，這根本不用問吧。」

風月毫無猶豫地說道：

「我希望我的姐姐跟霜姐姐一樣。」

聽到她這樣的回答，我閉上雙眼，點了點頭。

在風月赴晚宴的時間，我待在一個頂樓的房間中獨自等待。

可能是風月特別安排的吧？從那個房間可以眺望底下的晚宴會場，但會場內的人看不到我。

我看著在政商名流之間周旋的風月。

不管是跳舞、唱歌、禮儀、應對進退，她都做得完美無缺。

就像她說的，她是完美的，付出了巨大的時間和努力後變得完美。

看著底下那閃閃發光的風月，我撥了通電話給風花。

「什麼事啊～小雪。」

風花悠哉的聲音從電話的另一頭響了起來。

「一直寄我的照片和生活紀事給風月的人，就是妳吧？」

「風花什麼都不知道喔。」

即使面對我如此突然的質問，風花依然毫無動搖，那副自然無比的態度，就像真的不知道。

「明明就這麼關心自己的妹妹……」

十多年來一直看著她，一直把她放在心上。

「風月卻完全沒意識到妳的付出……」

甚至連自己有姐姐這件事都不知道。

——我希望我的姐姐跟霜姐姐一樣。

妳錯了，風月。

這是完美的妳犯下的最大錯誤。

真正支撐妳的人，並不是我。

那個總是將妳擺在第一位，甚至不惜把自己的人生弄得亂七八糟的人，妳根本就沒看到。

「我一定會贏的，風花。」

我對風花說出了完全不像是我會說的臺詞。

「一個月後的賭約，我一定會贏的。我會和小空一同證明給妳看，只要努力，夢想就必定會實現。」

這不單是為了妳，也是為了風月。

「不管是怎樣的故事，我都會寫出好結局給妳看！」

聽著我這番沒頭沒腦的話，風花陷入了沉默。

過了不知多久後，她緩緩說道：

「風花完全聽不懂小雪在說什麼，但是……」

「風花會期待小雪寫出的結局的。」

第十一章
風花雪月之六

我比誰都知道自己的能耐在哪兒。

所以，我知道自己該做的是什麼。

——那就是想像自己的失敗。

不管做什麼事都會搞砸，不管做什麼都是徒勞。

但是，失敗並不等於結束。

——就算妳不完美又怎樣？我可是因妳才變得如此完美啊。

就像風月所說的。

就算過程中失敗無數次，只要結果是好的就好。

想像自己現在所能做到的事，然後預想它全都失敗。

所有選項都被刪除，所有的路都被封死。

接著，我再從這一片黑暗中，想辦法找出我能做的事。

這是笨拙至極的方法。

不能保證我最後找到的路就能通往成功，但那必定是無藥可救的我唯一一條能成功的路。

所以雖然還有一個月，但我知道自己幾乎沒有休息的時間了。

因為我必須先累積失敗，將所有我能做的事先做過一輪。

其中一個就是這個——

「來喔！跳樓大拍賣！半買半送喔！」

「學姐妳在說什麼啊！」

空用捲起來的紙捲打了我後腦一下，阻止了我的叫賣。

啪！

這傢伙真的對學姐越來越不客氣了。

時間是從風月家離開的幾天後，為了賺錢，我跟空在放學後實行了一項新的打工。

——那就是「街頭演唱」。

順道一提，之前靠摸頭和膝枕賺來的錢，我全數還給風月了，當然也沒有向她借錢。

因為我覺得，若是我藉著「嵐」的力量順利舉辦了演唱會，風花也不會認同我。

我想要的，是她真正的認輸。

「學姐……」

穿著舞臺裝的空按著額頭，有些受不了地說道：

「我從剛剛就想問了，為何學姐要戴著『這樣』的面具啊。」

「若是不戴面具，我的怕生發作，失控襲擊路人怎麼辦？」

「不，我不是對妳戴面具這事有意見，我不能接受的是——」

空指著我的臉說道：

「為何妳戴著『我的面具』啊！」

空會有這種反應是應該的。

因為我現在戴的面具，是把空的照片印出來之後放大製成的。

「之所以會用小空的照片，是因為我有大量妳的照片，素材非常豐富。嗯，面具眼睛的部分似乎挖得不夠大，看得不太清楚，我再弄大一點。」

——噗！

我用手指用力插著空面具的眼睛位置！

「不要啊啊啊啊！看起來好痛啊啊啊啊啊！」

空抱著自己，渾身顫抖。

「多虧了小空的面具，即使站在街上呼喊，我也不覺得丟臉。」

「但是我覺得很丟臉啊！」

「就算真的是如此好了。」

我歪了歪頭後說道：

「那跟我有關係嗎？」

「啊……這不負責任到了極點的發言。」

「總覺得自己現在什麼事都做得到，就連裸奔都不是問題。」

「學姐的行為一定要突然變得這麼極端嗎？妳平常的怕生呢？」

「怕生？我現在可是奔放的空啊！不穿衣服的時間比穿衣服時間長的空啊！」

「不要頂著我的臉說這種話！還有，學姐對我的印象是不是怪怪的！」

「真是神奇……」

我看著自己的手掌說道：

「只要知道丟臉的不是自己，就什麼不負責任的發言都說得出來，人類真是不可思議呢。」

「這哪裡不可思議了！這是人之常情！」

「不說這個了，小空，還不快點開始嗎？」

我看著周遭說道：

「已經有一些零星的人聚集過來了。」

「還不是學姐害的……」

空一邊嘆氣，一邊調整器材。

還是學生的我們，當然沒有什麼了不起的器具，所以我們從其他社團那邊借來了一把吉他和簡單的擴音設備。

僅靠一把吉他和麥克風，我們究竟能靠街頭演唱，在人來人往的鬧區中賺到多少錢呢？

雖然不知道成效會多大，但也只能試試看了。

「學姐，我調音還要一點時間。」

空撥了幾下弦後，對我說道：

「這段時間，妳就跟大家說說話吧，免得冷場。」

「要說什麼話？」

「嗯……可以暖場的話吧？能讓氣氛活絡起來的那種。」

「炒熱氣氛是嗎？這我很在行。」

「等一下，學姐很在行？妳又想做什麼了？」

「放心，交給我吧。」

「不，我開始不安了。」

「大家聽好了——」

我將紙筒安在嘴邊，對著周遭的群眾大喊：

「現代的年輕人之所以無法成功，是因為他們自己競爭力不足。」

「學姐！」

「就是因為不努力賺錢，才會說自己買不起房子！」

「喔喔喔喔！氣氛熱起來了！我感受到大家的怒火燒起來了！」

「批判教育制度有問題的人，都是想逃避考試的懦夫！」

「快逃啊！學姐！」

憑著高超的話術，我成功地炒熱氣氛，也成功地讓人群聚集起來。

但是最後我和空卻得換一個演唱地點了。

★

十分鐘後。

「呼、呼……」

毫無體力的我氣喘吁吁地說道：

「沒、沒想到街頭演唱竟是如此困難的一件事。」

「困難的是帶著學姐還想順利街頭演唱啦！」

我和小空帶著器材，好不容易逃進了車站。

「難怪會有一句話是這麼說的——」

我一邊抹去額頭的汗，一邊豎起手指說道：

「『不怕神一般的對手，只怕美若天仙的隊友』。」

「等一下，學姐是不是為自己改編了什麼？」

「這句名言就是這樣啊。話說，下一個表演的地方是這裡嗎？」

我環視人來人往的車站大廳，挽起袖子。

「好！接著就交給我來聚集人潮——」

「學姐什麼都不用做！」

「學姐什麼都不幫就是最好的幫忙！」

「可是，我也想幫忙——」

「學姐就坐在那邊不要動，對，就是這樣，若是可以的話連呼吸都輕一點。」

空緊張地大喊：

「！」

消沉下來的我雙手食指互點，低頭喃喃說道：

「那、那我是不是回家比較好？」

「是——不對！」

發現這樣說不行的空趕緊改口道：

「學姐，妳可是重要的夢想藍圖社長啊，光是待在現場，就是對社員的一股助力。」

「是、是這樣嗎？」

「就是這樣！」

「即使我什麼都不做——」

「那也沒有關係！」

空拍著我的肩膀，以堅定至極的語氣說道：

「學姐最大的任務就是『存在』，不如說妳只要存在就夠了，所以別做『存在』以上的事了。」

雖然這聽起來有點像「妳只要活著就好」，但被空強烈的氣勢逼迫，我也只能無奈地點頭應道：

「我明白了……」

一切準備就緒後，空的演唱開始了。

一開始還沒人注意，但她的歌聲就像微風一般，悄悄地滲透進人群中。

很快地，情況就有了改變。

一個、兩個、三個……

越來越多人駐足聆聽。

本來匆忙的腳步緩了下來，感覺整座車站的氣氛一瞬間柔和了起來。

「真是厲害……」

不過憑著一把吉他和最簡單的音響設備，就改變了周遭的一切。

儘管我早就知道空的能耐，還是不禁為此讚嘆。

我想，這就是有才能的人所在的世界吧。

一道歌聲、一抹微笑，就足以改變周遭的人、事、物，讓他們看到希望和盼望。

記得第一次遇到空時，我也是感受到了這樣的感動和震撼。

那不是什麼特別的場景、也不是什麼特別的相遇。

只不過是放學後的空教室中，我一不小心撞到了進行獨唱練習的空。

就連怕生成如此的我，都沒有因為遇到陌生人而逃跑。

她的歌聲就是如此地有吸引力。

我停下腳步，默默地在一旁看著空。

看著她閃耀的模樣，就會有種自己也能像她一樣的錯覺。

會不禁有所期待——期待待在她身邊，自己平凡的人生就會因此而改變。

「風花……」

若是妳看到此時被群眾圍起來的空，想必就不會跟我訂下賭約吧。

她是必定會實現夢想的那種人。

只要有空在，我們就不會輸。

「就算夢想最後沒有實現，那也沒關係。」

因為，我已經有了這段和空度過的時光。

「或許……我只是希望妳能體驗這樣的心情。」

我並不是一定要妳和風月相認。

但妳至少該把真正的自己展現給她看，至少該試著待在她身旁。

只要和他人產生連結，那就會產生連自身都感到驚訝的改變。

就像風月因為我而變得完美，就像膽怯的我因為空而邁出步伐。

「所以，風花……」

看著以甜美笑容唱著歌的空，我緩緩說道：

「妳的夢想，我會幫妳實現的。」

隨著時間過去，圍觀空的人越來越多，逐漸地變成一堵人牆。

看著這樣的情景，即使是不擅長露出表情的我都露出了微笑。

「好了，該去跟大家收演出費用了。」

這邊少說也有一百人吧？不知道能收到幾千……不，或許能期待幾萬元？

我站起身來，拿出事前準備好的捐贈袋——

「妳們在做什麼！」

此時，一陣霹靂般的大吼響了起來，切斷了空和演唱會營造出來的美好空間。

「妳們有事前申請嗎？街頭藝人的執照呢，怎麼沒掛出來？」

向我們這邊跑來的人，是數名穿著警察制服的人。

我的背後一片冰冷，就像是浸到了冰桶中。

「學、學姐……」

空著急地跑到我身旁，拉著我的袖子問道：

「我們有經過事前申請嗎？」

「當然沒有啊……」

聽到我這麼說，空的臉色「唰」的一聲變得蒼白。

「我們可是學生啊，不管是申請許可還是街頭藝人的執照，都不可能拿到吧……」

我本來想投機取巧，賺一筆錢就解散的。

但是，空的歌聲比我想的厲害多了。

她的演出迅速聚集了人群，使得我們沒幾分鐘就被注意到。

「妳們究竟是誰？」

警察不斷地朝我們逼近。

「麻煩將證件拿出來。」

怎麼辦怎麼辦怎麼辦怎麼辦怎麼辦怎麼辦怎麼辦怎麼辦怎麼辦怎麼辦──

雖然這不是什麼重罪，但若是鬧到了家長和學校那邊，後果依然不堪設想。

「我真是蠢到家了……」

看著空花容失色的臉龐，一股深深的懊悔占據了我的心。

為何現在才考慮到後果？

為何沒想到這會影響到空的生活？

為何我沒想到空的未來有可能因為這件事而染上汙點？

「小空，快走！」

我擋在空的面前，試圖掩護她撤退。

「可是，學姐──」

警察已經來到眼前了！

「總之我會處理好的，妳快走就是了。」

「處理好？學姐根本不可能做到這麼複雜的事吧？」

「沒聽到我說的話嗎？給我快點走！」

「哎呀呀，真是令人看不下去。」

此時，一個再熟識也不過的聲音從我和空身邊響了起來。

一束金髮從我眼前飄蕩過去。

「風、風花？」

穿著便服、戴著帽子的風花從我身旁掠了過去，以金色的眼眸對我俏皮地眨了眨眼。

但這不過是一瞬間的事，時間短到讓我幾乎以為是錯覺。

因為下一刻，異變就發生了。

「救、救命……」

插到了我和警察中間的風花，手緊緊按在了胸口處。

「救命……風花、風花喘不過氣來——」

呼嗤、呼嗤，從她嘴中，發出了明顯不是正常聲音的呼吸聲。

——砰！

就像斷線的人偶一般，風花重重地倒在了地上！

她口吐白沫，全身不斷痙攣。

「嗚啊啊啊啊啊啊——」

周遭的人發出驚叫！本來追著我們的警察也陷入了慌亂，趕緊蹲下去察看風花的狀態。

「風花！妳還好嗎？」

我反射性地要衝上去，但此時，我看到了她的手指微微往外動了動，像是要我趕快離開似的。

「該不會……」

她是在藉著病重掩護我和空？

就在我猶豫要不要就這麼拋下風花走掉時，一個警察和我對上了眼。

「等一下，妳們兩個先別走——」

——噗！

「啊啊啊啊啊啊！吐血了啊啊啊啊啊啊！」

風花的口中吐出了大量的鮮血！本來和我對上目光的警察趕緊將注意力移回風花身上。

就像水龍頭一般，血不斷地從風花口中湧出，很快地就積蓄成了一個小水窪。

喂，這會不會太誇張？

這到底是演戲還是真的命危啊？

我就此離開真的沒關係嗎？

「學姐，我們走吧！」

空一把抓住我的手臂，將我拖離現場。

「可是，風花她——」

「風花學姐沒事的。」

空將她的手機亮給我看。

「妳看看這封訊息。」

空的手機上，顯示著風花傳給她的訊息——「不管看到什麼都別管，快走！」

「真是的……」

看發訊時間，這封訊息是街頭演唱前發的啊。

她早就料到會發生這一切了嗎？

「啊啊啊啊啊！眼睛流出血來了！不、不對！嘴巴和耳朵也出血了！快通知這個女孩的家屬！快！」

這真的沒問題嗎？

就算演戲也該有個限度啊，風花。

混亂的一夜很快就過去了。

最終我和空一毛錢都沒賺到，根本就是白忙一場。

因為空的長相已經曝光了，怕她被警察抓回去，所以我趕忙將她趕回家。

至於我則躲在車站附近的無人小巷中。

雖然我也很怕被抓，但我剛剛是戴著面具的狀態，只要換身衣服，應該不會這麼簡單就被認出來……吧？

「嗯，就是這樣沒錯。」

我一邊說服沒自信的自己，一邊忐忑不安地看著車站。

不管再害怕，我都不能丟下風花一人。

說不定我能找到什麼能幫忙的地方。

「放心吧，風花沒事。」

「嗚啊啊啊啊！」

肩膀被觸了一下，我就像隻被嚇到的貓一樣跳了起來！

「啊哈哈～妳的反應真是有趣呢。」

風花雙手抱在頭後方，露出笑容。

可能是換過衣服了，明明剛剛還躺在地上，但她的身上並沒有沾染任何塵土和血跡。

「奇怪……妳怎麼會在這邊？」

我轉頭看向車站，只見那邊毫無動靜，沒有警車也沒有救護車，就像是沒發生過任何事的樣子。

「風花聯絡了『嵐』的人了。」

風花拿出手機晃了晃，向我說道：

「在他們的幫忙下，總算沒驚動警察和醫院。」

「……抱歉。」

深深的愧疚感讓我低下了頭。

「這下小雪明白了吧。」

雖然風花沒有加重語氣，但我莫名地從她的話中感受到壓力。

「這個世界有其規則，個人的力量根本難以撼動。」

「是我思慮不周……」

「就算思考周全又如何？要不是靠『嵐』出面，妳和天然黑可不知道會變成怎樣啊。」

「嗚……」

「同樣的道理，妳也不知道風花和風月相認後會變得如何吧？」

風花收起笑容，以再嚴肅也不過的語氣說道：

「若是『嵐』做了什麼，破壞風月的生活，妳有辦法挽救嗎？」

風花的話重重地刺到我心中，我不禁感到有些頭暈目眩。

「回答風花啊，小雪。」

風花逼近到我的面前，金色的眼睛在暗夜中閃閃發光。

「若是妳的行動會造就不好的結局，妳也有承擔一切的覺悟嗎？」

「所以……」

我有些哽咽地說道：

「所以，是我太天真嗎？我什麼都不該做嗎？」

「風花很感激妳，但是就憑妳是什麼都做不到的。」

「我不是一個人，我身旁還有小空……」

「即使如此也是一樣，妳們兩個什麼都做不到。」

「是這樣嗎……」

「幾個人的力量，比起整個群體來說，實在太渺小了，風花不想讓小雪妳為我如此辛苦。」

風花踮起腳尖，輕拍我的頭安慰道：

「什麼都不做，讓現在的時光永遠持續下去，這也不是什麼壞事啊。」

銀色的月光在此時灑進了巷子中，緩緩點亮了風花的臉龐。

「本來風花就只是想看風月一眼，想和她在同一所學校生活一下而已，之後的一切本就是多的，不過是一場遲早會醒的美夢。」

不知是不是因為最後的關係，風花收起了所有演技，向我露出了第一次，也是最後一次的真實面貌。

「現在的我和風月並沒有任何不幸，這樣就夠了，我已經很滿足了。」

映著月光，風花的微笑充滿悲傷，讓人看了為之心痛。

「我已不需要多做什麼，也不需要再去期待什麼了，因為——」

「如果沒有期望，就永遠不會失望。」

「再見了，小雪。」

用我常用的名言反將我一軍後，風花低下頭，從我身旁走過去。

「等、等一下，再見是什麼意思？」

「記得之前妳跟風花說過，妳之所以幫助風花，是因為風花是妳的社員，所以——」

風花轉過頭來，戴上完美的笑容。

「從今天起，風花要退社。這樣，妳就沒有任何幫風花的理由了吧？」

「不、不是這樣的——」

我幫妳，並不單純因為妳是我的社員而已。

儘管是這麼想的，笨拙的我卻一句話都沒說出來。

「風月是個好孩子，接著就拜託妳了。」

風花向我鞠躬，露出了開朗的笑容。

「雖然在『夢想藍圖』中的時光很短暫。」

「但是風花過得很開心喔。」

她搖了搖手，隱沒在外頭的黑夜中。

那是個毫無陰霾的笑容。

直到最後，我還是看不穿她究竟是演戲還是真心話。

她真的過得很開心嗎？真的喜歡我們嗎？真的不討厭我這樣多管閒事嗎？

我什麼都不知道。

我唯一知道的只有一件事。

從這天晚上起，風花再也沒出現在我面前，就連學校都沒來。

我的手機中，不知何時多了一封風花的簡訊。

上頭寫著：隔天，風花就要轉學了。

★

——沒有才能的人，不管做什麼都會搞砸。

「不是這樣的……」

——就憑這樣的我，是不可能成功的。

「不是這樣的……」

——放風花離開吧，別再折騰彼此了。

「不是這樣的！」

我抱著頭大喊！讓身旁的路人嚇得跳了起來！

「就說不是這樣的！妳為何就是不聽呢！」

我不斷藉由自言自語跟內心那道自卑的聲音對抗。

周遭的人因為害怕而遠離我。

我知道我現在的樣子一定很噁心。

但要是不這麼做，我似乎就會屈服於它。

在風花離開後，我就像失了魂似地走在夜晚的街道上。

我早已有覺悟，要嘗遍所有我能嘗過的失敗。

但是，我沒想過這些失敗中包括了風花的離開。

要是她離開了，那我究竟是為了什麼才努力的？

目標和終點硬生生地從面前被抽掉，瀰漫在心中的失落感讓我幾乎要承受不住。

——都是妳害的。

內心那道聲音不斷責備著我。

——都是因為妳想做超出自己能力的事，所以才變成這樣。

「是這樣嗎……」

——要不是妳介入，風花也不會離開。

「沒錯……」

要不是我胡亂出手，風花也不用被逼得非轉學不可。

她應該是害怕情況失控到無法挽救的地步，影響到我和風月現在的生活。

——妳瞭解了嗎？一切都是妳的錯。

「沒錯……一切都是我的錯。」

我咬著牙，壓抑住想要大哭一場的衝動。

「我不該做些什麼，不該誤以為我能做些什麼……」

我太狂妄了。

興沖沖地戴著蠟做的翅膀飛翔，接著被高空的太陽融化了翅膀，狼狽地摔到地上。

這就是我。

我是雪，一無所有的雪。

雪不能幫助任何人。

雪看不到任何事物。

雪無法靠自己移動。

雪除了凍結萬物外，沒有任何作用。

周遭的黑夜漸漸吞噬了我，侵蝕了我的思考。

風花和風月的身影從我的腦中逐漸消失。

就這樣吧……

「什麼都別想了——」

「歡迎光臨！」

此時，一陣招呼聲打斷了我的自言自語。

我抬起頭一看，眼前一片明亮。

只見不知什麼時候，我竟下意識地走進了一間便利商店。

「歡迎光臨！請問客人要什麼……啊！」

我與眼前的空四目相接。

「咦？小空？」

衝擊的相遇，讓剛剛自怨自艾的我稍稍恢復了理智。

我環顧四周，確認我現在所在的地方。

這裡確實是便利商店沒錯，並不是我在作夢。

「妳、妳怎麼會在這邊？」

我剛剛不是把空給趕回家了嗎？

怎麼現在空穿著便利商店的制服在做店員呢？

「啊啊，還是被學姐發現了啊。」

空摸了摸頭，有些傷腦筋地說道：

「其實，在知道賭約的那刻，我就到這間便利商店打工了。」

「咦？打工？為、為什麼？」

過度震驚的我，腦袋完全沒轉過來。

「嗯？真的要說原因嗎？有些害羞呢⋯⋯」

空搔了搔臉頰，不好意思地說道：

「我只是想要幫助雪見學姐。」

「幫我？」

「是啊，若是自己打工賺來的錢，那風花學姐應該也會認同的，對吧？」

「所以為了我，妳白天上學，晚上還來這邊打工？」

「是啊。」

「為什麼⋯⋯妳要這樣子做？」

這樣不累嗎？不痛苦嗎？

「被我這樣耍得團團轉，妳難道不辛苦嗎？」

風花離開的笑容浮現在我腦中。

黑暗的情緒瞬間充斥胸口。

一直壓抑的不安湧上心頭。

我終於忍不住失控了。

「為何——」

我以哽咽的聲音，問出我一直很想問，但又不敢問的問題。

「為何妳不離開這麼沒用的我，自己去完成夢想啊！」

「雪見學姐……」

空先是訝異了一下，但緊接著她馬上從收銀臺走出來，緊緊抱住了我。

「妳在說什麼啊？我是不可能拋下妳的吧。」

「我知道的，妳只不過是同情我而已。」

「並不是那樣的，學姐再這麼說，我就要生氣囉。」

空抱著我的力道更加緊了些。

「妳忘了嗎？我們不是訂下約定了嗎？雪見學姐的夢想，就是我的夢想。」

「可是，我總是將事情搞得一團亂……」

「那也沒關係。」

她露出微笑，以理所當然的語氣說道：

「因為——」

「為雪見學姐努力，就是為了我自己努力。」

「……」

「所以，就算再喪氣，也別說這種話了，好嗎？」

「……嗚。」

眼淚迅速盈滿我的眼眶。

「嗚啊——」

就像個孩子似地，我頭仰天，放聲大哭。

「學姐！妳又怎麼了？」

「嗚啊啊啊啊啊啊啊啊啊啊啊啊啊啊——」

我沒有理會空的安慰，只是不斷大哭，就像是想用眼淚洗去內心的怯懦。

我錯了。

我怎麼沒想到呢？

雪什麼事都做不到。

但是，它可以映出天空的模樣。

讓自己保持潔淨吧。

讓自己保持雪白吧。

讓自己保持光鮮的模樣吧。

為了映照出天空最美的模樣，雪也得讓自己變得漂亮些才行。

終章之前

「風花學姐，一個月後的約定之日，請記得一定要過來。」

「這不是天然黑嗎？怎麼來了？」

風花即使看到我也沒有太意外，像是早就料到我會這麼做。

我本來以為會稍稍嚇到她的，不由得有些失望。

在便利商店看到雪見學姐大哭的隔天，我——空向學校請了假，大老遠跑到了風花轉學的學校堵她。

感覺風花是刻意轉到偏遠地區的學校，我光是交通工具就換了三種，整整花了一天才抵達目的地。

「一個月後，一定要來聽我的演唱會。」

我再度跟面前的風花說了一次我要說的話。

「妳該不會是為了跟風花說這個，才大老遠跑來這邊吧？」

「是啊。」

我點了點頭。

「真是的，先是小雪，現在又來一個天然黑，一個一個都糾纏不休。」

風花皺了皺眉說道：

「風花已經退出『夢想藍圖』了，更別說連三才高中的學生都不是了，現在的風花，沒有任何跟妳們扯上關係的理由。」

「想逃嗎？風花學姐。」

我以挑釁的態度說道：

「訂下賭約的明明是妳，現在卻連見證自己的失敗都不敢嗎？」

「……真是粗糙的激將法啊。」

風花露出燦爛的笑容說道：

「不過呢，難得有人敢挑戰風花，那風花當然奉陪。」

她站到我面前，金色的眼睛緊盯著我。

雖然她身高比我矮很多，但從她身上散發的強大氣勢，讓我不由自主地退了一步。

不要畏懼啊，空。

妳並不只是為了自己而來的。

就算她再怎麼斷定雪見學姐會輸，妳都有辦法反駁她吧？

不管用什麼方法或是說詞都好。

為了雪見學姐，妳一定要讓轉學的風花在一個月後願意出現在我們面前，這才是妳今天的目的吧？

我深吸一口氣，總算恢復了冷靜。

「空。」

「妳憑什麼待在小雪身邊？」

可能是為了給我壓力吧，風花不再叫我綽號，而是用名字稱呼我。

「……咦？」

被攻了個措手不及。

本來以為她的切入點會是雪見學姐的我，露出訝異的表情。

「還不懂風花的意思嗎？」

風花露出微笑說道：

「那我們用風月來舉例吧，不管在能力還是在財力上，她都比妳優秀得多，若是一開始和雪見相遇、互許約定的人是她，想必小雪的夢想要實現一定更簡單吧？」

「……」

「甚至不用等到不確定的未來，現在小雪就能實現身為作家的夢想。」

「確實……」

風月是「嵐」的繼承人，若是寫下她的故事，一定會有許多人感興趣吧。

至少，比現在沒名氣的我還多得多。

「其實仔細想想就能發現一件事——小雪根本不需要妳。」

風花露出小惡魔的笑容說道：

「小雪拚了命為風花和風月的事努力，妳提供的幫助卻微乎其微。」

「……妳說的沒錯。」

「妳只是恰巧是她第一個遇到的人，所以才成為了她心中特別的存在。」

為了讓我不再糾纏她，風花毫不留情地說道：

「即使沒有妳——」

「小雪的故事和夢想也能成立。」

風花說的沒錯。

並不是非我不可。

我不像風花那般聰明，不像風月那般完美。

就算拔掉我，對雪見學姐的故事也不一定會有影響。

「風花學姐，就如妳所說，說不定我不過是個稍微會唱歌的平凡人而已。」

現在的我，還沒做出什麼了不起的事。

「若要說我勉強算是成就的事，那就是和雪見學姐互許約定，陪伴在她身邊。」

我們一同在社辦胡鬧、一同為風月和風花的事煩惱、一同去車站辦了街頭演唱會。

「但是，這樣就夠了。」

我仰起頭說道：

「不管事實如何，在雪見學姐眼中，我都是特別無比的存在。」

她對我的評價遠超過實際狀況。

她毫無來由地覺得我一定能成為歌手、覺得我一定可以成就一番事業、覺得我只要唱歌就能吸引觀眾到來。

這全都是虛假的想像。

「空」並不是天空的空，而是空空如也的空。

「但是，就算我不完美又怎樣？」

我手按在自己的胸前，大聲宣告：

「為了符合雪見學姐心中的想像，我可以做到任何事——」

「我可以因為她，努力變得完美啊。」

所有他人心中特別的存在，無一例外，一開始都不過是個平凡人而已。

但只要有了粉絲，哪怕是一個也好，在那瞬間就會成為偶像。

就算最後我只是學姐一人的偶像，我也要對她負責，不能讓她失望。

「原來如此……『相信』嗎？」

風花點了點頭說道：

「小雪相信妳，而妳也相信這樣的她。」

「沒錯。」

「所以妳也相信，一個月後，小雪會漂亮地聚集三千人，舉辦一場盛大的演唱會？」

「怎麼可能。」

「……咦？」

我的斷然否定，讓風花露出了驚訝的神情。

「我相信她一定會搞垮一切，弄得自己狼狽不堪、渾身泥濘，我有絕對的自信，她不可能漂亮地達成目標。」

一直以來，雪見學姐都是如此笨拙，笨拙得令人發笑。

「但是，她必定會獲勝的。」

我露出深信不疑的表情說道：

「她一定會以淒慘到不行的模樣，以妳看了都同情的模樣取得勝利。」

「真是不可思議啊……」

風花露出傷腦筋的笑容說道：

「聽妳這麼一說，風花也覺得最後會是如此了。」

看著她露出的無奈笑容，我確信我的目標已達成了。

一個月後，她必定會出現在我和雪見學姐面前。

於是，我揮了揮手，和她道別。

「對了，最後還有一件事。」

臨走前，我像是想到什麼似地說道：

「風花學姐。」

「嗯？」

「就算我不如妳和風月也沒關係。」

我轉過頭去，學風花露出小惡魔的笑容說道：

「但是，在學姐身邊說笑談天的位置，我絕對不會讓給任何人的。」

終章

時間很快就過去了。

這段時間，我、空、風月各忙各的，夢想藍圖的聚會一次都沒舉行過。

至於風花，在告別的隔天，就真的如她所說的轉學到遠方去了。

雖然目標不在了，但我仍將賭約放在心中，盡我全力，不，應該說拚命準備著。

「學姐，妳的黑眼圈好重啊……」

穿著舞臺裝的空，在一旁關心地問道：

「妳真的沒問題嗎？」

「這也是沒辦法的事，畢竟這一個月來，我幾乎都沒睡。」

今天是一個月後的某天清晨，也是和風花約定好的日子。

我和小空，必須舉辦一場三千人的演唱會。

「我們……真的可以聚集到三千人嗎？」

空有些不安地說道。

「放心吧，一定可以的，畢竟我這一個月來十分努力啊。」

「這陣子我都在忙著打工賺錢，沒注意到學姐，學姐做了些什麼呢？」

「我到處去打工，飲料店、速食店、便當店、服務生、客服人員——然後全部都搞砸了。」

「……」

「賺的錢全都拿來賠償客訴或是打壞的東西，最後一毛錢都沒剩。」

「這已經是某種了不起的才能了……弄得我都不知道該佩服還是該同情才好。」

「總之，透過不斷的失敗，我再度確認了我是個無可救藥的廢物。」

「學姐別這麼說……」

空在一旁慌張地想要安撫我。

「說不定廢物還是有可能有救啊。」

「……」

說真的，空在無意中傷害他人的本事，應該也算是一種才能了吧？

「總之，我本來就打算走過所有的失敗，確認自己什麼事都辦不到後，我總算察覺了自己能做什麼。」

「確認什麼都辦不到後才找到自己能做的事？總覺得好像某種謎語呢……」

「其實我也不知道最後結果會如何，但可以肯定的是，我已經盡了全力。」

「我記得一個月前，學姐是這麼分配任務的——場地交給風月同學，器材交給我，至於最困難的知名度則交給雪見學姐。」

「是啊，不如說我也只能負責這個了。」

「音響和必要設備，總算靠我這個月打工的費用撐過去了，但是場地該怎麼辦呢？」

「放心吧，妳馬上就會看到場地了。」

「這該不會跟妳在假日找我到學校有關吧？」

當然有關。

不如說大大相關。

「因為，學校就是場地。」

「咦？」

「到了。」

在我和空的談天過程中，我們抵達了學校的入口。

我打開學校的大門，讓裡頭的亮光照了出來。

「來吧，小空。」

我踏進光亮中，向她伸出了手。

「這就是風月為我們準備的、能容納三千人的場地。」

「哇……」

空發出驚嘆。

我能理解她的心情，因為在我初次看到場地時，也產生了同樣的反應。

無數的課桌椅在學校中庭併了起來，構成一片木頭色的海。

這片壯觀的桌海，就是空的舞臺。

至於底下排成方塊的三千張課椅，則是觀眾的座位。

「霜姐姐。」

像是早就在這邊等著我，風月迎上來說道：

「我遵守約定，不靠『嵐』的力量，幫妳們準備了場地喔。」

這一個月來，風月不斷地在校內奔走，說服教職人員把假日這天的中庭和「所有」課桌椅借給我們夢想藍圖使用。

照理說這是不可能達成的目標，但風月不知道用了什麼方法進行談判，總之最後她做到了。

「必要的器具我都為霜姐姐妳們準備好了。」

風月指著頭頂的探照燈以及安裝在舞臺兩側的大型音箱。

「待會音控和燈光就交給我吧，我會幫妳們處理的。」

風月真的是完美無缺的存在，不只會安裝器材，連場控都能一手處理。

多虧了她，我們只要租用器材，不用再另外聘請專業人員進行器材操作，省了不少錢。

此時，我注意到她的手有著不少細微的傷痕。

「風月……妳的手。」

「別在意，霜姐姐。」

她若無其事地將雙手藏到身後。

「昨晚搬桌椅時稍稍碰傷了，不是什麼大事。」

「等一下，所以──」

我看著舞臺和整齊排列的三千張椅子，不可置信地問道：

「這些……是妳一個人搬的？」

「是啊，霜姐姐不是說不能借助『嵐』的力量嗎？所以昨天晚上，我一個人把這些東西搬完了。」

「……抱歉。」

「沒什麼好道歉的，這又不是什麼難事。」

風月轉動手臂，精神奕奕地說道：

「為了霜姐姐，再搬三千張也不是問題！」

這傢伙也太帥氣了吧。

「場地跟器材都沒問題了。」

空上前一一確認後，向我問道：

「可是雪見學姐……最重要的觀眾呢？」

「這裡是學校，那當然會有觀眾吧。」

「妳說的是學生嗎？可是今天是假日，大家不會來上學吧？」

「放心，他們會來的。」

就像是為了印證我的話，無數的學生從校門口魚貫而入。

「因為，已經說好了。」

★

三千人很快地就填滿了座位。

不只學生和教職員，有的甚至呼朋引伴而來。

這幅熱鬧的情景，讓不少附近的居民也駐足觀看。

我向準備登臺的空確認：

「小空空空空，準備好了嗎嗎嗎嗎嗎？」

「雪見學姐，妳比要上場的我還緊張是怎麼回事？」

「聽好囉，這是專家給妳的意見：就算崩潰大哭也沒關係，只要不要當眾吐出來，都還勉強有挽救的空間。」

「不，我覺得在舞臺上崩潰大哭，身為偶像應該也是沒救了。」

空露出「真拿妳沒辦法」的表情，拍了拍我的肩膀安慰道：

「學姐不是最相信我了嗎？那妳還擔心什麼？」

「是啊。」

我點點頭說道：

「小空一定不會有問題的。」

妳是閃耀的存在，是與我不同的特別之人。

從初次見面時我就相信，只要看著妳，我就能見證夢想的完成。

「是啊，學姐就這樣一直誤會就好了。」

像是看穿了我心聲，空露出笑容說道：

「只要這樣，我就有了前行的力量，因為我知道，我的所作所為，都是為了成為妳幻想中的小空。」

「咦？什麼意思？」

在我還沒搞清楚空話中的深意時，她朝我揮了揮手，躍上了舞臺。

「大家好～我是空。」

空露出微笑，大方地向大家說道：

「沒想到真的能聚集到三千人呢，我本來已經做好一個人清唱的心理準備。」

空的話引起了一陣笑聲。

真不愧是天生的表演人才，臺風穩得完全不像是第一次面對大場面。

「今天是我的第一場演唱會，我有很多話想跟各位說，不過——」

空舉起麥克風，向大家說道：

「就讓我用唱歌，來表達想說的話吧！」

陽光照著我們的夢，感受每個心跳悸動
不害怕困難太多，我會一直陪著你走

勇敢地下定決心，不被誰左右
太多的事情要做，但我絕對不會放手

看著那天空
眼神閃爍著力量
就是現在出發不是幻想
一起往前飛

隨著空的歌聲，所有人打起了拍子！
舞臺上的空還抽空向我拋了個媚眼。
風月完美地進行燈光和音控，讓空的演出更加錦上添花。
在座位最後方看著那幅熱鬧的情景，我不由得眼眶泛淚。
總覺得這首歌說的就像是我們的事。
不管遇到什麼事，空都一直陪著我走。
她一直沒有放開我。
「真是厲害呢。」
此時，身旁出現了一個氣息，我不用回頭看就知道那個人是誰。

「果然，妳來了呢。」

我緩緩說道：

「我就知道妳一定會來的，風花。」

就算轉學了，就算到了遠方。

但只要妳的心有那麼一點繫在風月身上，妳就必定會到來。

只要妳出現在這個地方，那就是我贏了。

因為不管妳的演技再好，我都可以看穿妳。

妳果然還是想跟風月成為姐妹。

「這場賭約是風花輸了。沒想到都已經轉學了，還是沒能讓妳放棄呢。」

可能知道我在想什麼吧，風花轉過頭來，露出「真是服了妳」的無奈微笑。

「不過，希望妳能為風花解惑。」

她摘下頭上用來掩飾身分的帽子，甩了甩那耀眼的金髮說道：

「妳是怎麼聚集到這三千人的？」

「其實，我也沒做什麼了不起的事。」

就在無數的失敗後，我才發現我能做什麼。

「那就是『低頭求人』。」

聽到我這麼說，風花露出了傻眼的神情。

「等一下，也就是說這三千人……」

「是我一個一個低頭求來的。」

很遜吧。

簡直是遜到極點的方法。

但除了這個外，我沒其他做得到的事了。

「只要是能單獨約出來見面的，我就想盡法子約出來談個一兩分鐘，低頭拜託他們……」

要是對方拒絕見面，那就用電話或是信件懇求。

拜託他們，在今天來聽空的演唱會。

「這不可能！」

風花不可置信地說道：

「一個月三千人……一天不就是一百人嗎？妳怎麼可能一天見那麼多人。」

「我本來也這麼認為，過了十五天後，我才見了大約三百人，進度可說是大幅落後，但就在這時，大家來幫我了。」

「大家是誰？空和風月嗎？」

「不。」

我搖搖頭說道：

「大家就是大家。」

我指著前方的群眾說道：

「幫助我的，是前面見過面的那三百人，他們被我的誠意感動，於是一同到處幫我約人，懇求他們今天到現場來。」

——幾個人的力量，比起整個群體來說，實在太渺小了。

「妳說得對，風花，一個人的力量做不了什麼。」

我向她露出笑容說道：

「但若是一群人就不一樣了。」

我在引發他人同情心方面，可謂是天才啊。

雖然說得很帥氣，但我自己當初也沒料想到會是這樣的結果就是了。

「那麼……妳的社交障礙呢？」

風花提出了下一個疑問。

「難不成妳是戴面具去跟他們見面的？」

「怎麼可能，我可是去求人的啊。」

這就是我之所以幾乎沒睡覺的原因了。

「我不斷在前一天晚上模擬隔天見面的情景，準備資料和練習……」

好多次都差點因為壓力而崩潰。

可是，我全都咬牙忍住了。

雖然沒有做得很好，雖然在他們面前依舊是面無表情的冰冷態度。

但是多虧了大量的練習，我沒有做出任何失態的表現，也有好好把我的意思傳達給對方知道。

「哈哈……」

風花拍著額頭笑道：

「哈哈……我真是服了妳了，竟然是這麼沒效益又土法煉鋼的方法。」

雖然是認輸的臺詞，但風花的表情很愉快，就像是得勝一般。

「不好意思，贏得如此狼狽。」

狼狽得就像是輸了一般。

「但就像我一開始說的，這是我唯一能做的了。」

「意識到自己能做什麼，然後愚直地只做那件事，這其實很不簡單啊。」

風花看著正在場控的風月，緩緩說道：

「總比某些自視聰明，卻什麼都不做的人好多了。」

風花或許是在說她自己，但是我沒戳破。

「不過呢，風花，妳還有一個問題沒問到喔。」

「嗯？」

「雖然這樣懇求了，但這三千人為何幾乎全數到場了呢？」

為何，他們沒有因為什麼私人因素而無法前來呢？

「是小雪妳做了什麼嗎？」

「是的。除了求人外，後來我還發現一件我所能做的事。」

我將手機亮到了風花面前，給她看上頭的文章。

「我說過了，我要帶給妳和風月一個好結局。」

手機上的，是一篇刊載在網路上的故事。

「等一下，這、這不是——」

看完文章前幾行的風花，瞪大了雙眼。

「這不是我和風月的故事嗎？」

我露出淺笑。

坦白說，我就是想看到她這麼驚訝的表情。
那篇故事，隱去了關鍵的人名，但是詳實地記錄了這一個月發生的所有事。
一對姐妹因為一些不得已的因素分開。
但是，只要你願意在今天參加演唱會，你或許就能證明給這個姐姐看——
所謂的夢想，就是努力後必定能實現的東西。
「大家不知道主角是誰，但還是願意相信這個故事。」
這篇故事在校內不斷流傳，最後變成了某種校園傳說。
於是，大家都把事情排開，努力在今天來到此處。
這就是三千人幾乎都到場的真正原因。
「風花都忘了……」
我第一次看到風花以敬佩的眼神看著我說道：
「妳的夢想，是當個小說家呢。」
「就像妳之前說的，將故事變得精彩，是小說家的職責。」
我花費了一切精力，寫下了這個故事。
「所以拜託妳了。」
到頭來，我還是只有這招能用。
這是雪見唯一擅長的事，也是唯一能戰勝天才的方式。
我朝風花深深地低下頭——
「請妳給這個故事一個好結局吧。」
聽到我這樣的懇求，風花陷入了沉默。

此時，就像是要助我一臂之力，空的歌聲，從舞臺上傳了過來——

啟動每一個鏡頭
抓住每一個夢想的聲音
伸出你的雙手，別待在角落
就是這樣，別害怕閃耀光芒

「吶，小雪，這是最後一個問題了。」
「嗯？」
「風花已經不是妳的社員了，為何妳仍要為了風花這麼拚命呢？」
「呃……」
聽到風花的問題後，我的腦袋一片空白。
從訂下賭約的那天起，每天都過於拚命，根本就無暇思考這種小事。
「那個、妳看嘛……」
著急的我不斷運轉腦袋，想要給個漂亮的理由。
要是功虧一簣怎麼辦？
必須說點什麼，不管是什麼都好。
「不是有一句成語叫『風花雪月』嗎？」
腦袋一片混亂的我，雙手不斷上下揮舞道：
「『風花』和『月』中間隔著『雪』，不覺得這是命中註定嗎——」

「風花和風月，就是要靠著雪來連結在一起啊！」

「噗哈！」

風花很破壞氣氛地笑了出來。

「啊哈哈哈哈哈哈哈哈！好爛喔！這什麼爛理由！不過、不過……」

風花一邊笑一邊揉著雙眼。

此時我才發現，她不知何時流下了滿臉的淚水。

「不過……最好笑的還是被這種理由拯救的風花啊。」

似乎為了不讓我看到她哭泣的神情，風花將手中的帽子戴到了我的頭上。

「小雪，風花要跟妳道歉一件事。」

「嗯？」

「將『風花和風月是姐妹』這張字條放進妳抽屜的人，其實就是風花。」

「咦……」

我依照這張字條的情報去調查了風月，也在之後和風花起了爭執，訂下了賭約。

等一下，也就是說——

「妳一直都被風花利用了。」

滿面是淚的風花，露出了小惡魔的笑容說道：

「風花本來只是想惡作劇一下，沒想到妳做得那麼好，竟然贏下賭約，拯救了風花。」

風花將我的帽簷壓低。

「放心吧，小雪，風花會遵守約定的。」

即使視野被壓低的帽簷限縮，我仍可以用眼角餘光看到風花大步朝著風月走去的模樣。

「風花會給妳皆大歡喜的好結局的。」

終章之後

「我說啊，雪見學姐，這真的沒問題嗎？」

空在我耳旁悄聲問道。

「全部的安排都是由我來的，那有什麼好擔心的？」

「哇！這也太讓人擔心了吧！」

空照例吐出失禮到不行的話。

在那天演唱會過後，風花又轉學回來了。

不只如此，風花還約了風月獨處。

我不知道她們兩人談了些什麼，但從那天起，那兩人就變得有些奇怪。

像是很在意彼此，但又不知該說什麼的模樣。

「為了幫助她們成為真正的姐妹！現在需要的就是一場正式的儀式！」

「可是……這真的不會太誇張嗎？」

「就是要下猛藥才幫得了她們！沒聽過一句名言嗎——」

我以煞有其事的模樣說道：

「『就是下了猛藥還救不活，才沒有醫療責任』。」

「雪見學姐的名言還是一如既往呢。」

空以無神的眼神鼓起了掌。

「好說好說……噓，她們來了。」

夢想藍圖的社辦外頭，傳來了一前一後的腳步聲。

這兩個傢伙真是的，明明一起進來就好了，非得要這樣一前一後地走。

「聽好了，一切照計畫進行。」

我向空說道。

「等她們開門進來，就執行我們的『莫比斯環．四大天王．姐妹感情甜蜜蜜計畫』。」

「不要去思考其中含意保持腦袋空白我是一個只會執行命令的機械人——」

彷彿自我催眠般，空不斷對自己喃喃自語。

此時，緊閉的門外傳來了風花和風月的聲音。

「那個……風花姐，妳先請進。」

「不不，風月，妳才先請進。」

門外的那對姐妹，不知為何開始禮讓起彼此來。

「妳可是『嵐』的繼承人耶，怎可以排在他人後面？」

「不不，所謂長幼有序，妳畢竟比我年長，所以應該先進去。」

這兩個是怎樣？進個門是要花多久時間。

「妳們兩個都給我進來！」

「哇啊啊啊啊！」

我「啪」的一聲打開門！將她們兩個都拉了進來！

本來就嚇一跳的她們，在看到社辦中的華麗布景後，就像被雷打到一般傻愣當場。

「吉時已到，今日在夢想藍圖社辦，舉行風花和風月姐妹結緣典禮——」

身著白西裝的空，以司儀般的口吻說道：

「請姐姐上前。」

可能是超出了理解的程度，一動也不動的風花就這樣順從地被空拉到了前方。

「接著，請妹妹入場。」

我牽著同樣一動也不動的風月，一步步地走過地上的紅地毯，往終點處的風花前進。

「現在我們最溫馨、最感人的時刻到了！」

空一邊鼓掌一邊說道：

「由雪見社長牽手引領，最美的妹妹風月踏上了紅毯，從一個月前，風月就是牽著雪見的大手慢慢地長大，就是有了雪見社長細心的呵護和關懷，我們的風月才能夠平安快樂地變成如此美麗的模樣。」

眼中泛著淚光的我，牽著風月來到了風花面前，不知為何，她們兩個還是一副嚇壞的表情。

「大家請看！雪見社長此時將風月的手交給了風花！雖然不捨，但她還是期許風花能夠比自己更加疼愛風月，一生保護她、照顧她。相信我們的姐姐風花會將雪見社長愛護風月的心繼續傳承下去。」

將風月的手放到風花手上後，我卸下父親的角色，踏到她們前方事先安置好的小高臺上，戴上白色的假鬍子。

「咳咳。」

我刻意以蒼老的聲音說道：

「風花，在這神聖的時刻，妳是否願意發誓，一生一世都是風月的姐姐？」

「不，就算風花不發誓，也一生一世都是她的姐姐……」

我不理風花的吐槽，轉而向風月問道：

「風月，妳是否願意發誓，一生一世都是風花的妹妹？」

「不，坦白說對此我一點真實感都沒有……」

可能是嚇傻了吧，風月喃喃地說出了真心話。

「但若是霜姐姐要當我的姐姐，我願意現在就起誓，即使要獻上誓約之吻也完全沒問題。」

「！」

聽到她這麼說，我不由得臉紅。

這傢伙為何連無心的話都這麼有男子氣概啊。

「異議！」

擔當司儀的空拍桌抗議！

「請新人不要調戲神父！請新人不要讓神父害羞！這是違反正當程序的行為！」

空妳這不是司儀，而是辯護人的角色吧？

「風月，風花跟妳說過多少次了。」

風花皺著眉頭說道：

「風花不管妳要認誰做姐姐，但好歹考慮一下人選。」

「嗯？」

聽到這樣的話，風月也跟著皺起了眉頭。

「風花姐這話是什麼意思？」

「妳這人什麼都好，就是看人的眼光太差，就算全天下的女人都消失了，妳也不能挑小雪當姐姐啊。」

「不准說霜姐姐的壞話！」

「風花這都是為了妳好。」

「都消失這麼久了，少擺出一副親生姐姐的模樣！」

「既然是妳的親生姐姐，那就有管教妳的義務！」

風花和風月一言不合地大吵了起來！

「很好。」

我連連點頭說道：

「就是一副要決裂的樣子，才像是感情很好的姐妹啊。」

「學姐妳都不覺得妳的說法有矛盾嗎……」

空嘆了一口氣後，在我身旁坐了下來。

不知為何，我們兩個就這樣看著風花和風月的姐妹鬧劇，喝起了熱茶。

「對了，雪見學姐。」

「嗯？」

「前陣子，我聽風花學姐說了『風花雪月』的事。」

「喔喔，『風花和風月因為雪才得以連結』的那個嗎？」

「說得挺漂亮的，但是『空』呢？」

空將頭靠在膝蓋上，幾綹髮絲順著她的動作滑了下來。

「空在哪裡呢？」

空的眼中閃著惡作劇的光芒。

這傢伙……故意用這種問題來為難我。

不過，其實我早就想過妳會問這個了。

「不管是風、花、雪、月，都要有天空才可以存在吧。」

看著露出訝異神情的空，我得意地說道：

「所以，雖然不在風花雪月中，但『空』其實才是最重要的。」

「真是會說話啊，學姐。」

「那是當然的，唯獨妳，是我絕對不想被討厭的存在。」

接著，我們兩個都沒說話，只是靜靜地喝著茶。

「吶，小空。」

「什麼事？」

「如果……」

我舉起熱茶就口，裝作若無其事地說道：

「如果之後妳成為了歌手，希望妳不要忘了我。」

「放心吧，雪見學姐。」

空親暱地抱了上來，在我耳邊悄聲說道：

「我要是能成就夢想——」

「那也一定是因為妳的關係。」

——《K'WA！·夢想藍圖社員募集中～》完

後記

「在『夢想藍圖』的社辦中，不斷傳來女學生失蹤的消息。」

「……」

「女學生臨死前，用血在地上寫了『K'WA』這樣的死前留言。」

「……」

「這個失蹤的現象，被稱為『空隱』，要是不支持空和小鹿的書，就會被拖進二次元的世界中，永世不得超生……」

「我說啊，小鹿，妳從剛剛開始到底在說什麼啊？」

「喔喔，小空啊，因為本文太胡鬧了，所以我想說我們這次後記正經點。」

「正經？這已經完全是另一種風格了吧？要是有人從後記開始看，誤認為這本書是恐怖故事怎麼辦？」

「妳在說什麼啊——」

「讀者花錢買書，還花了時間閱讀，光是這個事實，就已經是恐怖故事了吧？」

「會說出這種話的小鹿，確實很恐怖沒錯。」

「被『空隱』的人，妳知道會落得多麼可怕的下場嗎？」

「不，不如說身為當事人，我自己都不知道我會『空隱』人……」

「要是被『空隱』——那就會被變成虛擬偶像啊！」

「哇——等一下，這聽起來沒有很嚴重啊？」

「這怎麼會不嚴重，身為虛擬偶像，就意味著不受《勞基法》保護。」

「這很重要？」

「當然很重要，因為沒有法律規範，就會工作到死啊……比方說 youtube 輪播二十四小時之類的。」

「……」

「播放數就是虛擬偶像的爆肝指數，別看她們在影片中笑成那樣，心裡其實在不斷悲鳴——『不要再播了！讓我休息啊啊啊啊啊！』」

「妳這樣要我以後用怎樣的眼光，看那些虛擬偶像的前輩……」

「那些虛擬偶像，時不時會出現崩壞的表情和肢體動作，這應該是過勞導致的肌肉溶解和顏面神經失調吧？」

「不，這難道不是因為經費不足嗎……」

「對！加班加成這樣，還不給加班費！根本就是慣老闆！」

「妳究竟是在罵誰啊？」

「所以我們今天的主題可以說很嚴肅也很重要，我們要訂定《虛擬偶像勞動基準保護法》！」

「哇！聽起來嚴肅得好不正經喔！」

「虛擬偶像一週上班五天，一天上班八小時，早上九點到下午五點。」

「這不是虛擬偶像而是公務員吧？」

「如上班時間外需要觀看，需事前預約並贊助加班費，虛擬偶像會表演睡覺給妳看。」

「我花錢看人家睡覺做什麼！」

「妳都花錢看這種後記了！有差嗎！」

「！」

「不過我們也只是喊喊口號而已，沒有真的要做什麼，反正至今也沒有一個虛擬偶像過勞死，等到真的發生了我們再想辦法吧。」

「這彷彿政客的發言是怎麼回事？」

「最後是謝詞，謝謝三日月書版、謝謝迷子燒老師、謝謝MOJO主編，謝謝責編，謝謝這個可以讓我們無限勞動的世界。」

「妳這謝詞聽起來別有深意是我的錯覺嗎？」

「總之，請大家去粉專或是Youtube上搜尋『K'WA』，最好用連點程式二十四小時連續點擊，把小空玩壞。」

「……」

「最後期待『K'WA』更多的演出，也期待哪天雪見她們也能上節目。」

「之後我也會繼續努力的，大家要來看我喔！」

「我們下次見！」

▶ 小鹿

輕世代 FW287

K'WA！夢想藍圖社員募集中~

作　　者　小　鹿
繪　　者　迷子燒
編　　輯　林紓平
校　　對　任芸慧
美術編輯　林鈞儀
排　　版　彭立瑋
企　　劃　方慧娟

發 行 人　朱凱蕾
出　　版　英屬維京群島商高寶國際有限公司臺灣分公司
　　　　　Global Group Holdings, Ltd.
地　　址　臺北市內湖區洲子街88號3樓
網　　址　www.gobooks.com.tw
電　　話　(02) 27992788
電　　郵　readers@gobooks.com.tw（讀者服務部）
　　　　　pr@gobooks.com.tw（公關諮詢部）
傳　　真　出版部　(02) 27990909　行銷部 (02) 27993088
郵政劃撥　50404557
戶　　名　三日月書版股份有限公司
發　　行　三日月書版股份有限公司/Printed in Taiwan
初版日期　2018年9月

角色品牌授權：kick'n music! 歌手創生計畫 © 2018

國家圖書館出版品預行編目(CIP)資料

K'WA！夢想藍圖社員募集中~ / 小鹿著.-- 初版. -- 臺北市 : 高寶國際, 2018.09-
冊； 公分. --

ISBN 978-986-361-571-2(平裝)

857.7　　107011143

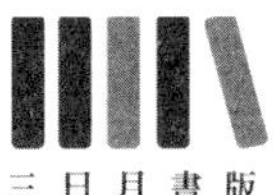
三日月書版

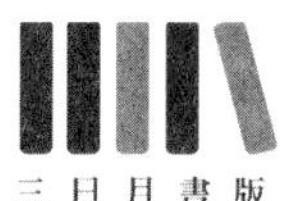
三日月書版

GOBOOKS
& SITAK
GROUP©

GOBOOKS
& SITAK
GROUP©